떠나는
이유

일러두기

1. 노래 · 미술 작품 · 영화 · 방송 프로그램은 「 」로, 단행본 · 잡지는 『 』로, 전시는 〈 〉로 표기했습니다.
2. 이 책에 쓰인 인용문은 대부분 저작권자의 동의를 얻어 수록했습니다. 저작권자를 찾지 못한 경우는 저작
권자가 확인되는 대로 정식 동의 절차를 밟겠습니다. 수록을 허락해주신 모든 분들께 감사드립니다.

떠나는 이유

가슴 뛰는 여행을 위한 아홉 단어

밥장 글·그림·사진

앨리스

축제는 늘 길 위에서 펼쳐지기에

당신을 태운 우주선이 블랙홀에 접근하고 있다면, 당신은
블랙홀이 처음 생성되던 수십 억 년 전에 블랙홀의 중력에
붙잡혀서 그 주변을 배회하고 있는 빛을 보게 될 것이다.
간단히 말해서, 블랙홀이 거쳐온 모든 역사가 당신의 눈앞
에 드러나는 것이다.

_미치오 카쿠 『평행우주』(박병철 옮김, 김영사, 2006)

책을 읽으며 머릿속으로만 그렸던 블랙홀을 영화 「인터스
텔라」 덕분에 아이맥스로 '볼' 수 있었습니다. 블랙홀은 거대
한 중력으로 빛 알갱이까지 삼켜버립니다. (영화 속 우주인들
은 블랙홀을 '가르강튀아'라고 부릅니다. 프랑수아 라블레의 풍자
소설 『가르강튀아와 팡타그뤼엘』에 등장하는 주인공으로 늘 출출
한 대식가를 비유하는 데 곧잘 쓰입니다.) 소나기가 오면 비가 내
리는 곳과 그렇지 않은 곳을 가르는 선이 생기듯 블랙홀도 마
찬가지입니다. 선을 넘는 순간 '호로록~' 완벽하게 검은 무의

세계로 빨려 들어갑니다. 그런데 그 선 바로 앞에서는 몹시 신기한 일이 벌어집니다. 만약 충분히 멀리 떨어진 안전한 곳에서 바라본다면 수많은 별과 별빛이 빨려 들어가기 전 모습으로 한꺼번에 보일 겁니다. 그래서 이벤트 호라이즌event horizon, 즉 사건의 경계선인 블랙홀 바로 앞은 마치 금식을 앞두고 게걸스럽게 먹으며 미친 듯이 노는 카니발처럼 늘 황홀하게 반짝거립니다.

비록 속을 들여다볼 수는 없지만 블랙홀은 시간 여행과 에너지 보존의 비밀, 다른 우주로 가는 열쇠를 가지고 있습니다. 자연스레 죽음이 떠오릅니다. 삶을 게걸스럽게 빨아들이지만 그 뒤로 어떤 일이 벌어지는지 전혀 볼 수 없기 때문입니다. 보이지 않아도 충분히 매혹적입니다. 흔히 숨이 넘어갈 때면 지난 인생이 주마등처럼 스친다고 합니다. 주마등이 아마 인생 버전의 이벤트 호라이즌이 아닐까 싶습니다. 만약 죽음 너머에 블랙홀처럼 천문학자들이 상상하는 화이트홀이나 평행우주가 있다면 다행입니다. 어쨌든 한 번 더 살아볼 수 있으니까요. 만약 아무것도 없더라도 '아님 말고', 실컷 놀았으니 됐습니다. 뭐가 있든 없든 살아 있으면서 할 수 있는 일이라고는 축제뿐입니다. 그리고 축제는 늘 길 위에서 펼쳐집니다. 떠나는 이유가 바로 거기에 있습니다.

2014년 겨울
밥장

출발.
여행을 떠나며.

장소보다는
맛과 향에
가까운.

인생은 당신이 안전지대를 벗어나는 순간 시작된다.

_닐 도널드 월시

　손톱이 자라 손끝에 반달 무늬가 생기기 시작하면 금세 갑갑해집니다. 재빨리 깎아내야 다른 일을 할 수 있습니다. 그래서 제 책상 위에는 언제나 손톱깎이가 있습니다. 서른다섯 무렵의 어느 날 처음으로 손톱깎이를 그렸습니다. 그 뒤로 지금까지 그림을 그립니다. 그림은 새로운 세상이었습니다. 펜을 살 때면 갯벌에서 조개라도 캐는 기분이었고 새로 만나는 작가들은 에스토니아 사람처럼 낯설었습니다. 그 당시 거리는 온통 그려보고 싶은 것들로 넘쳐났습니다. 누군가 귓불을 만지작거리는 듯 소름 돋은 채로 잠들었고 가슴이 벅차올라 잠에서 깼습니다. 돌이켜보면 9볼트 건전지를 혀끝에 대는 것 같습니다.

　그림에 재미를 붙여갈 때쯤 L형과 자주 만났습니다. 그는 성악을 전공하고 밀라노에서 6년 가까이 유학했습니다. 국내로 돌아와 테너 가수이자 크로스오버 밴드의 보컬로 1년에

250회쯤 무대에 섰습니다. 형과 함께 강변북로를 따라 홍대로 향하던 날이었습니다. 퇴근 무렵이라 가다 서다를 반복하면서 한 시간 남짓 달렸습니다. 좋은 음악 없느냐고 물었더니 형은 "날마다 음악 하는데 이럴 때라도 쉬어야지"라며 운전대만 고쳐 잡았습니다. 음악을 하면 음악이 피곤해지는구나, 이런 게 직업이구나 싶어 말없이 도로만 바라보았습니다.

그 뒤로 10년이 흘렀습니다. 그림은 일이 되었고 저는 그림으로 먹고사는 '프로'가 되었습니다. 소설가 배명훈은 "영화든 술이든 무언가를 사랑하는 사람은 남들보다 정교한 눈금으로 대상을 보고 한번 정교해진 눈금은 쉽사리 무뎌지지 않는다"라고 하였습니다. 그림을 사랑할수록 그림과 가까워지고 익숙해졌습니다. 하지만 저에게는 거리가 사라지니 눈금도 희미해졌습니다. 그림만 생각해도 가슴이 뛰었는데 어느새 별다른 문제없이 마무리된 '작업'과 그렇지 않은 '작업'만 남았습니다. 터닝포인트의 상징이던 첫 번째 작품도 이제는 서툰 솜씨로 그린 손톱깎이로만 보입니다.

아랍의 어느 격언에 따르면 인간은 '움직일 수 없는 사람'과 '움직일 수 있는 사람' 그리고 '움직이는 사람'으로 나뉜다고 합니다. 대학을 졸업하고 회사에 다니면서 저는 칸막이에 갇혀 옴짝달싹할 수 없었습니다. 하지만 그림 덕분에 움직일 수 있는 사람이 되었습니다. 그 뒤로 어째 좀 움직이나 싶더니 또다시 안 움직이는 데 익숙해졌습니다. 아예 '움직이고 싶지 않은' 사람이 되고 말았습니다.

다행히도 얼마 전 「세계테마기행」을 촬영하러 적도의 섬 '순다열도Sunda Islands'(동남아시아의 말레이 제도 가운데, 인도네시아에 속하는 섬의 무리)를 한 달간 다녀올 기회가 있었습니다. 함께 간 오 PD는 저더러 "형은 인적이 드문 산골이나 바다가 제격"이라며 다음에는 좀 더 '빡센' 곳으로 모시겠다고 하였습니다. 그게 피톤치드보다 스모그에 익숙한 차도남한테 할 소리냐고 대꾸했습니다. 오 PD와는 두 번째 촬영으로 지난해에는 아르헨티나를 함께 다녀왔습니다. 제작진 내부의 평가도 좋았고 시청률도 괜찮아 이번에는 순다열도에 한 번 더 촬영을 갔습니다. 오 PD는 제가 쉰 살이 되면 바짓가랑이를 잡아도 안 시켜줄 테니 순다열도에서 마지막 남은 비밀의 땅이나 찾아보자고 했습니다. 투덜거리긴 했지만 다음에는 망원경도 챙겨 가겠다고 마음먹었습니다.

프랑스 화가 이브 클랭은 남자는 색깔 있는 영혼에서 멀리 추방당한 존재라고 하였습니다. 한마디로 멋대가리 없이 희멀겋다는 말입니다. 그림 그릴 때 쓰는 재료를 보통 미디엄medium, 매재라고 합니다. 재료는 빛에 반응하는 매체일 뿐 빛 자체가 아닙니다. 눈에 보이는 색은 매재에서 반사된 빛 알갱이들입니다. 반사된 알갱이가 많을수록 색은 밝아집니다. 물감은 섞을수록 탁해지지만 빛은 섞일수록 더 많이 반사돼 밝아집니다. 이브 클랭이 말한 남자, 이른바 아저씨는 움켜잡는 사람입니다. 그들은 주로 골프채, 자동차, 여자, 돈 같은 매재에만 매달립니다. 그럴수록 매재의 무게에 눌려 탁해집니다.

한걸음 뗄 때마다
나의우주도 한걸음

빛을 보려면 손에 잡히는 매재 대신 잡히지 않는 빛 알갱이들을 자꾸 더해야 합니다.

2014년 3월 9일, 뭔가가 밤하늘을 가르며 축구공 크기로 빛나면서 떨어지더니 다음 날 검은 돌덩이가 비닐하우스를 뚫고 땅에 박혔습니다. 과학자들의 분석에 따르면 철 성분이 많은 것으로 보아 유성이라고 합니다. 지구의 돌덩이는 금세 산화되기 때문에 철 성분이 많지 않습니다. 철 없는 흔한 돌덩이가 되고 싶지 않다면 지구를 벗어나 유성처럼 떠돌아야 합니다. 『밤 끝으로의 여행』을 쓴 프랑스의 작가이자 의사 셀린느는 떠나지 않는 삶이 어떤 건지 잘 알고 있었습니다.

무미건조하게 산다는 것은 감방 속의 삶이다. 삶이란 교실이고 권태는 자습 감독관이다. 그가 잠시도 쉬지 않고 우리를 감시하고 있기 때문에 어떠한 대가를 치르더라도 열광할 만한 일에 몰두해 있는 척해야 한다. 그렇지 않으면 그가 즉시 우리에게 다가와 우리의 뇌수를 삼켜버린다.

_루이 페르디낭 셀린느, 『밤 끝으로의 여행』,(이형식 옮김. 동문선. 2004)

『사막의 꽃』을 쓴 와리스 디리는 소말리아에서 태어났습니다. 어릴 때 부모에게 여성 할례를 받고 나이 든 남자와 결혼해야만 했습니다. 와리스가 여자로 태어나면서부터 인권은 철저히 무시되었지만 자신이 속한 세계에서 억울한지도 모른 채 살 뻔했습니다. 하지만 그녀는 집에서 뛰쳐나와 사막을 가로질

© 강연욱

러 도망쳤습니다. 그리고 온갖 고생 끝에 세계적인 슈퍼 모델이 되었습니다. 하지만 할례의 흔적은 지워지지 않았습니다. 그녀는 자신이 다른 여자들과 다르다는 걸 알게 된 후 또 한 번 새로운 길을 나섭니다. 자신이 피해자라는 사실을 먼저 고백한 뒤 유엔 인권 대사가 되어 소말리아를 비롯한 여러 나라에서 여성 할례를 금지하기 위한 활동을 시작했습니다. "내가 태어나기 훨씬 전에 알라 신은 내가 죽을 날을 정해놓으셨다. 내가 바꿀 수가 없다. 그러니까 그동안 모험을 해보는 것이 낫다. 평생 그렇게 살아왔으니까"라고 담담하게 이야기합니다.

우리네 인생은 시작은 다르지만 끝은 정해져 있습니다. 확실한 건 죽을 때까지 시간이 남아 있다는 사실뿐입니다. 우리가 가던 대로 길을 가도, 아예 가지 않아도 상관없습니다. 하지만 가던 길을 벗어나 다른 길에 들어서는 순간 모험은 시작됩니다. 일본 만화 『우주형제』의 주인공 뭇타도 한마디 덧붙입니다.

할 수 있는 일부터 습관을 들이지 않으면 안 돼. 못하는 놈이 머릿속에서 '할 수 있다' '할 수 있다'라고 자꾸 되뇌어봤자 그건 아무 경험도 안 돼!

_츄야 코야마 지음, 『우주형제』 15권(서울문화사, 2013)

프랑스의 철학자 롤랑 바르트는 새로운 것은 '신물이 나는 것'에서 태어난다고 하였습니다. 신물까지는 아니지만 속이 더

부룩해서 길을 나섰습니다. 문득 왜 내가 그림에 갇힐 뻔했는지 되돌아보았습니다. 또 앞으로 어떤 길로 가야 할지 가늠해보았습니다. 그래서 여행에 대한 기록을 남겨보기로 했습니다.

그런데 여행 책이라는 게 냉정해서 딱 한 쪽만 펼쳐도 금방 결론이 납니다. 여행지에 대한 취향이나 여행자가 느낀 감성이 '나랑' 맞으면 반은 먹고 들어갑니다. 마셜 맥루언은 새로운 책을 볼 때 먼저 69쪽을 펼치고 뭔가 인상적인 걸 발견하지 못하면 읽지 않았다고 합니다.

뉴요커의 입맛을 사로잡은 타바론 차는 티 소믈리에가 여러 가지 차를 섞어 그 손님만의 향을 만들어주는 차라고 합니다. 저도 '장소'라는 재료를 섞어서 저만의 여행을 만들어보았습니다. 이 책은 장소에 관한 이야기라기보다 밥장만의 블랜딩으로 만들어낸 여행의 맛과 향에 가깝습니다.

앞으로 영어나 스페인어에 지레 겁먹기보다 낄낄거리며 사람들과 더 어울리려 합니다. 무슨 패키지여행이나 블로그 정보에 매달리고 싶지도 않고 유니폼처럼 똑같은 아웃도어 차림으로 떠나고 싶지도 않습니다. 대신 물을 만나면 뛰어들고 산을 마주하면 올라가고 음식이 있으면 직접 입에 넣어보려고 합니다. 누군가의 말처럼 가벼움이란 무거움의 반대말이 아니라 '기름지다'의 반대말입니다. 더 이상 배 나온 아저씨가 되고 싶지 않습니다. 탐험 모자를 쓰고 호기심 많은 소년으로 돌아가 배낭을 둘러메봅니다.

이 음악이 시작되면
여행 모드로 찰칵

푸디토리움Pudditorium, 「**비아잔치**Viajante」
그린티, 「조금씩」

얼마 전 손미나 씨가 진행하는 라디오 프로그램에 초대받았습니다. 출연하기 전 작가한테서 미리 전화를 받았습니다. 그는 여행에서 겪었던 일을 편하게 이야기하면 된다고 안심시키면서 방송 중간에 들려줄 노래를 두 곡 골라달라고 했습니다. 푸디토리움의 「비아잔치」가 곧바로 떠올랐습니다. 비아잔치는 포르투갈어로 '여행자'라는 뜻입니다.

Pois sei que um viajante tudo pode
Em cada estação um novo déjà-vu

여행자는 모든 걸 할 수 있기에
역마다 새로운 데자뷔

푸디토리움(김정범)이 작곡하고 브라질 싱어송라이터 파비우 카도레Fabio Cadore가 작사와 노래를 맡았습니다. 이구아수

022

폭포를 보려고 아르헨티나에서 잠시 들른 게 전부라 브라질 하면 달콤한 보사노바 멜로디가 울려 퍼지는 커다란 설탕산(팡데 아수카르Pão de Açúcar)만 떠오릅니다. 브라질에서는 사탕수수를 정제한 후 원뿔 모양의 그릇에 보관했는데 이 산의 모양이 꼭 그걸 닮았다고 해서 '빵산' '설탕산'으로 불립니다. 제대로 가보지 못해 더 달콤하고 마음속으론 이미 몇 번이나 다녀왔기에 데자뷔도 그리 놀랍지 않을 겁니다.

이런 기분이 고스란히 담겨 있어서 「비아잔치」를 골랐는데 며칠 뒤 작가에게 다른 곡이 좋겠다는 문자를 받았습니다. 노래가 5분이 넘어 너무 길다는 이유였습니다. 할 수 없이 3분 안팎인 다프트펑크의 「섬씽 어바웃 어스Something about Us」와 그린티의 「조금씩」을 골랐습니다. "제가 새로운 도시에 도착하기 전에 꼭 듣는 곡이란 말이에요. 요걸 들어야 여행자 모드로 찰칵 돌아서는데"라며 한 번 더 우겨볼 걸 그랬습니다.

피어오르는 향 같은

「비아잔치」는 김정범이 작곡·편곡·제작을 맡은 앨범 『Episode 이별』에 실려 있습니다. 푸디토리움은 한 곡보다 앨범으로 들어야 좋고, 콘서트 홀보다는 난로(히터도 온풍기도 아닌)가 피어오르는 방 안에서 들어야 제 맛입니다. '결'이랄까 분위기랄까 그가 피워내는 향이 천천히 피어올라 가득차 오르기 때문입니다.

Fabio Cadore

필요한 만큼 달달해

소금이 과하게 든 음식을 먹고 나면 달달한 게 죽도록 '땡기기' 마련입니다. 짠맛이 지나간 뒤 혀 안에 쓴맛이 가라앉습니다. 이럴 땐 딸기 셰이크, 그린티 라테, 카라멜 마키아토가 정답이죠. 이름만 들어도 벌써 침이 고입니다. 그린티가 부른 노래들은 텁텁한 기분을 달래줄 만큼, 딱 필요한 만큼만 달달합니다.

하나.
행운.

행운은
길을 벗어나길
바란다.

곰 출몰주의!
하지만 곰 대신 여우

1, 2월이 되면 홋카이도 동북쪽 끝 시레토코의 바다는 러시아
에서 떠내려 온 유빙들로 가득합니다. 제가 간 때는 12월이라
유빙을 보기엔 아직 일렀지만 호텔에는 이른 겨울을 이곳에서
맞이하려는 어르신들로 북적였습니다.

일본의 어르신들도 무척 부지런했습니다. 새벽 6시부터
식당은 붐볐습니다. 어르신들을 따라 서둘러 아침을 먹고 길
을 나섰습니다. 눈은 무릎까지 쌓여 프레페 만 공원 입구에서
설상화를 신어야 했습니다.

눈길에는 발자국 하나 없었습니다. 5분이나 걸었을까 붉
은 여우 한 마리가 나타났습니다. 녀석은 마치 일당을 받고 아
르바이트 하듯 제 주위를 맴돌았습니다. 앞장서던 안전요원은
제게 운이 좋다며 조용히 엄지손가락을 세웠습니다. 행운을
붙잡기 위해 카메라를 꺼냈습니다. 찍을 만큼 찍었다 싶을 즈
음 여우도 할 만큼 했다는 듯 킁킁거리며 숲 속으로 돌아갔습

니다.

안전요원이 한마디 거들었습니다. "이 정도 행운이라면 눈앞에 곰이 튀어나와도 놀랄 일은 아니야. 여기서는 여우뿐만 아니라 곰도 만날 수 있거든. 그래서 내가 같이 가는 거라구." 그러면서 길 한쪽에 세워진 표지판을 가리켰습니다. 노란 마름모꼴 표지판에 곰이 입을 떡 벌린 모습 아래 '곰 출몰 주의'라고 적혀 있었습니다.

"시레토코에 사는 곰은 그리즐리 곰처럼 크지는 않아. 여자친구 침대에 놓인 인형 같다는 생각도 들 거야. 하지만 작다고 얕봐서는 안 돼. 녀석은 생각보다 안 귀여워. 아장아장 걷지도 않지. 마음먹으면 시속 60킬로미터로 달릴 수 있어. 곰을 만났다고 있는 힘껏 도망가봐야 발바닥으로 따귀나 맞을 일밖에 없어."

사실 곰은 후각이 뛰어나 이미 멀리서 사람 냄새를 맡는다고 합니다. 그러니 곰을 만나면 우연이 아닙니다. 녀석이 제 발로 나타난 것뿐입니다. 그게 여행자에게 행운일지 비극일지역시 곰한테 달려 있습니다. 그는 곰이 나타나면 조용히 자기 뒤로 와서 눈을 노려보며 천천히 뒷걸음치라고 당부하였습니다. 안전요원은 허리띠가 살짝 헐거울 만큼 호리호리해서 그리 미덥진 않았지만 저도 모르게 이미 물러서 있었습니다.

프레페 만에 쌓인 눈은 강원도의 눈과는 달랐습니다. 바람에 바싹 말린 듯 까슬까슬했지만 동그랗게 잘 뭉쳐졌습니다. 슈거파우더처럼 곱고 달달해 보였습니다. 멀리 사슴이 마른

熊出没注意

Mt.YOHTEI
Mt.PIYASHIRI
Mt.TOMURAUSHI
Mt.ENIWADAKE
Mt.SHOKANBETSUDAKE
Mt.TOKACHIDAKE
Mt.ASAHIDAKE
Mt.KARIBA
Mt.ANNUPURI
Mt.TARUMAE

Mt.RISHIRI
Mt.MUINE
Mt.SHARIDAKE
Mt.KOMAGADAKE
Mt.MEAKADAKE
Mt.OAKANDAKE
Mt.RAUSUDAKE
TAISETSU RANGE
NISEKO RANGE

IN HOKKAIDO

NORTH ISLAND®
PRODUCT INSTITUTE COMPASS

풀을 뜯고 있는 곳까지 달려가 옆에서 저는 나무를 흔들어 눈가루를 떨어냈습니다. 어린아이처럼 낄낄거리는 마흔 살 아저씨를 보고 안전요원은 어이없다는 표정을 지었습니다. 그러거나 말거나 조그마한 눈사람을 만들어 난간 위에 올려두었습니다. 독수리 한 마리가 머리 위를 날았습니다. 눈사람에다 날개와 발을 달아주니 눈독수리가 되었습니다.

곰을 찾아 네 시간가량 돌아다녔지만 끝내 나타나지 않았습니다. 대신 여우를 봤으니 괜찮다며 돌아왔습니다. 편의점에 들러 라면을 샀습니다. 라면에는 사나운 곰 그림과 함께 역시나 '곰 출몰주의'라고 적혀 있었습니다.

월터의 상상은 현실이 될 수 있을까?

영화 「월터의 상상은 현실이 된다」에서 주인공 월터 미티(벤 스틸러 분)는 『라이프』지에서 필름을 현상하는 일을 맡고 있습니다. 소심한 성격 탓에 상사나 동료에게 늘 당하기만 하지만, 대들거나 따지는 대신 자신만의 상상에 빠져 스트레스를 풀었습니다. 어느 날 저명한 사진작가가 넘긴 『라이프』지의 마지

막 표지를 장식할 사진 필름을 월터가 잃어버립니다. 그 필름 한 장을 찾기 위해 월터는 한 번도 벗어난 적이 없는 뉴욕을 떠 납니다. 헬기에서 바다 한가운데로 뛰어내리고 화산이 폭발 하기 직전 아슬아슬하게 빠져나오기도 합니다. 수많은 모험 을 거치면서 그는 점점 자신의 상상 속의 월터로 바뀌게 됩니 다. 영화 첫머리에는 '세상을 보고 무수한 장애물을 넘어 벽을 허물고 더 가까이 다가가 서로를 알고 느끼는 것. 이것이 바로 『라이프』의 목적이다'라고 이 잡지의 비전을 소개하는데 마 침내 잡지가 원하는 '라이프'대로 살게 됩니다(실제『라이프』의 비전은 조금 다르다고 합니다).

이 영화의 원작은 미국의 소설가 제임스 써버가 1939년 에 쓴『월터 미티의 은밀한 생활』(김지연 옮김, 펜데데로)이라 는 짧은 소설입니다. 이젠『라이프』에 담긴 사진들을 보면 떠 나고 싶은 마음이 들고 짜릿한 순간을 맛볼 수 있을 것 같습니 다. 하지만 떠나 보면 알게 됩니다. 제임스 써버도 서인도 제 도에 가서 탐험가 모자를 쓰고 카페에 앉아 있으면 가무잡잡 한 여성들이 뜨거운 눈빛을 보낼 거라 기대했지만, 결국 만난 건 기념품 장사꾼과 엽서 파는 아낙네 들뿐이었다고 고백합 니다.

패키지여행이 싫다며 자유여행을 떠나보지만 우린 결국 『론리 플래닛』을 철석같이 믿거나 스마트폰으로 쉼 없이 검색 합니다. 뻔한 길을 가면서도 뻔하지 않기를 바랍니다. 내 여행 은 어쨌든 달라야 하기에 허풍만 늘어납니다. 낚시꾼들이 자기가 잡은 물고기가 더 크게 보이게끔 카메라 쪽으로 팔을 쭉 뻗어 사진을 찍는 것처럼 말이죠. 그러면서 추억이라는 이름으로 훈훈하게 마무리합니다. 하지만 『론리 플래닛』을 버리고 블로그에 소개되지 않은 길로 가야 '초행자의 행운'이 찾아옵니다. 행운은 우리가 길을 벗어나길 바랍니다.

오랑우탄의 눈 속에는
사 람 이 보 여

—

올해 3월 말「세계테마기행」촬영을 위해 순다열도로 떠났습니다. 칼리만탄, 자바, 술라웨시, 발리, 플로레스 등 적도에 걸쳐 있는 섬들을 한 달간 오 PD와 함께 다녔습니다. 칼리만탄은 보르네오 섬에서 인도네시아 지역을 뜻합니다. 보르네오 섬에는 인도네시아 외에 말레이시아와 브루나이 공화국이 있습니다.

수마트라 섬의 주도인 자카르타에서 동쪽으로 차로 20시간을 달려 수라바야에 도착했습니다. 다시 비행기로 한 시간을 날아 칼리만탄 서남부 팡칼란분Pangkalan Bun에 도착하였습니다. 또다시 차를 타고 쿠마이Kumai로 향해 쿠마이 항구에서

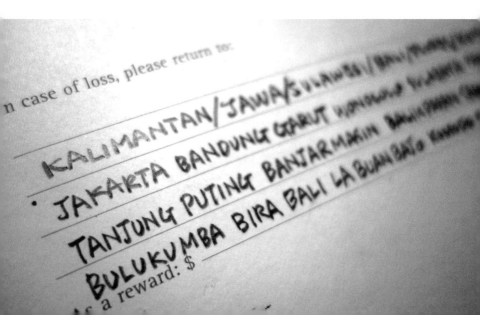

탄중푸팅 국립공원으로 가는 배를 빌렸습니다. 클로톡Klotok이
라고 부르는 2층짜리 배였습니다. 1층에는 조타실과 선원들
이 머무는 방이 있었고 선미에는 부엌과 화장실이 딸려 있습
니다. 승객들이 이용하는 2층은 뻥 뚫린 테라스처럼 생겼습니
다. 낮에는 탁자에 앉아 밥을 먹거나 차를 홀짝거리고 밤에는
모기장을 치고 매트리스를 깐 뒤 잠을 잤습니다. 2층 난간은
발목을 조금 넘는 높이여서 특히 밤에 화장실에 갈 때는 무척
조심해야 했습니다. 현지 코디네이터가 난간에서 장난치다 물
에 빠지기도 했습니다(다행히 수영을 잘해 웃고 넘어갈 수 있었
지만). 사흘 동안 배에서 먹고 자면서 밀림 속 물길을 따라 깊
숙이 들어갔습니다. 바로 오랑우탄을 만나기 위해서였습니다.

오랑우탄은 침팬지, 고릴라, 긴팔원숭이와 함께 유인원
에 속합니다. 원숭이와 달리 꼬리가 없습니다. 유인원은 원숭
이, 사람과 함께 영장류에 속하고 뇌와 태반 구조가 비슷하여
사람과 가장 가까운 동물입니다. 오랑우탄은 인도네시아 말
로 '숲 속에 사는 사람'이라는 뜻으로 보르네오와 수마트라 섬
에만 살고 있습니다. 오랑우탄을 야생에서 만나려면 서식지인
탄중푸팅 공원까지 와야 하는데 무리지어 사는 침팬지나 고릴
라와 달리 나무 위에서 외따로 삽니다. '고독한 유인원'인 셈이
죠. 새끼를 낳으면 어미가 돌보고 새끼는 7년 동안 어미와 꼭
붙어 다니며 생존에 필요한 기술을 배웁니다. 그리고 8년째부
터 외따로 살게 됩니다. 그런데 벌목과 개간으로 서식지가 줄
어들면서 어미가 죽는 경우가 종종 생겼습니다. 7년을 채우

지 못하고 어미와 떨어진 새끼 오랑우탄은 어른으로 제대로 클 수 없습니다. 그래서 어미 잃은 오랑우탄을 돌보기 위한 캠프가 이곳에 몇 군데 있습니다. 직원들이 어미 대신 먹이를 주고 학습을 도와줍니다. '리키'는 가장 오래된 캠프로 동물학자인 비루테 갈디카스Birute Galdikas라는 사람이 1971년에 설립하였습니다. 그녀는 오랑우탄을 알리는 가장 좋은 방법은 사람들이 오랑우탄들을 직접 만나볼 기회를 만드는 거라 믿었습니다. 비루테의 헌신적인 노력으로 오랑우탄의 서식지를 지켜낼 수 있었습니다. 탄중푸팅에서 클로톡을 타고 오랑우탄을 만나는 건 21세기 최고의 낭만적인 여행으로 손꼽힙니다.

우리의 클로톡 함단 사투호는 쿠마이 항에서 오후 늦게 출발하였습니다. 한 시간가량 달리니 수평선 너머 정글이 점점 가까워졌습니다. 멀리 물 위에 박힌 탄중푸팅 공원 팻말이 보였습니다. "탄중푸팅 공원에는 육로가 없어. 어떻게든 갈 순 있겠지만 악어나 야생동물이 어디서 튀어나올지 모르거든." 안내를 맡은 이주라는 친구가 귀띔해주었습니다. 이주는 쿠마이가 고향인 친구로 얼굴엔 늘 수심이 가득했습니다. 뭘 물어보면 '액추얼리'라는 말을 꼭 붙였습니다. 공원으로 들어갈수록 물길은 좁아지고 양옆으로 밀림은 바싹 다가왔습니다. 엔진의 기름 냄새 대신 습하면서 시원한 숲의 향기가 가득했습니다. 이주는 뱃머리에 앉아 손바닥을 눈썹 위에 붙이고 밀림을 바라보았습니다. 그리고 "액추얼리, 저기 오른쪽 나무 위에 오랑우탄 한 마리 있어"라며 손가락으로 조용히 가리켰습니

다. 15미터가 넘는 나무 꼭대기 위에서 부스럭거리는 오랑우탄 한 마리를 보았습니다. "저건 암컷이야. 수컷은 훨씬 커. 사람보다 여덟 배는 힘이 세지"라며 시무룩한 얼굴로 알려주었습니다.

우리가 갈 캠프는 모두 세 곳으로 탄중 하라판Tanjung Harapan, 폰독 탕구이Pondok Tanggui, 캠프 리키Camp Leakey였는데 이곳들은 5킬로미터 간격으로 떨어져 있었습니다. 폰독 탕구이에서 정박하고 배 위에서 하룻밤을 보냈습니다. 다음 날 아침 8시에 일어나 숲으로 걸어갔습니다. 여기서는 날마다 아침 9시에 오랑우탄에게 먹이를 줍니다. 한 시간가량 걸으니 숲 사이로 조그마한 공터가 나타났습니다. 빽빽한 나무 사이에 사람 키 높이로 만든 무대 같은 장소가 있었습니다. 캠프의 한 직원이 계단에 올라 과일 껍질을 치우고 자루에 담아온 람부탄을 쏟아부었습니다. 다른 직원들은 "아우, 아우" 소리 지르며 오랑우탄을 불렀습니다. 저런 어설픈 소리로 불러서 오겠나 싶었는데 암컷 한 마리가 새끼와 함께 나무를 타고 느긋하게 내려와 람부탄 껍질을 까서 과육을 먹었습니다. 잠시 뒤 수컷 오랑우탄이 숲 속에서 당당히 걸어왔습니다.

"먼저 온 암컷은 시스와고 새끼는 수컷인데 스티븐이야. 어미와 새끼를 쉽게 알아보려고 앞 글자는 같은 걸 써. 시스와의 S, 스티븐의 S. 나중에 온 녀석은 코프랄인데 열아홉 살이야. 암컷에 비해 거의 두 배 가까이 크지."

함께 온 사람들은 모두 안전선 밖으로 물러나 조용히 지켜보았습니다. 한 시간 동안 오랑우탄이 밥 먹는 모습을 보다가 배로 돌아왔습니다. 선원이 해주는 나시고렝(볶음밥)과 이칸 고렝(생선튀김)을 먹고는 캠프 리키에 정박하고 또 하룻밤을 보냈습니다.

다음 날 아침 6시에 해가 떠올랐습니다. 부지런한 선원들은 줄이 달린 양동이로 물을 퍼내 몸을 씻고 이를 닦았습니다. 물은 홍차처럼 검붉었습니다. 선장은 함께 수영하자고 했습니다. 난간 너머로 고개를 내밀어보니 물 깊이가 사람 키를 훨씬 넘었습니다. 물속에는 낙엽들이 두텁게 쌓여 있었고 낙엽이 썩으면서 검붉은 색이 우러났습니다. 이 동네에서 자란 선장은 여기가 가장 깨끗하다는 걸 이미 알고 있었습니다. 선장과 다른 선원들은 물속으로 뛰어들었지만 전 난간에 기대어 가만히 지켜만 보았습니다. 지금도 그때 함께 수영하지 않은 걸 후회합니다. 옷이야 소나기와 땀에 어차피 젖을 테고 해가 뜨면 또 금세 마를 텐데 말입니다. 물은 깊었지만 어떻게든 배까지 다시 올 수는 있었을 겁니다.

캠프 리키에서는 오랑우탄들에게 오후 2시에 먹이를 주었습니다. 점심을 먹고 먹이 주는 곳으로 걸어갔습니다. 길은 나뭇잎으로 만든 터널이라고 할 만큼 빽빽했습니다. 무척 습하고 더워서 땀 냄새가 씻겨 나갈 만큼 땀을 흘렸습니다. 먹이 주는 곳에 도착하니 오랑우탄보다 긴팔원숭이가 먼저 와서 람부탄을 까먹고 있었습니다. 조금 있으니 오랑우탄들이 내려왔습니다. 멧돼지들도 와서 무대 위에 수북이 쌓인 람부탄을 노

BABY ORANGUTAN in LEAKEY CAMP

렸습니다. 몇 마리가 계단을 오르려고 했지만 턱만 깨지고 말
았습니다. 오랑우탄이 어이없다는 '표정'으로 람부탄 몇 알을
바닥에 던져주자 돼지들은 게걸스레 주워 먹었습니다.

　나뭇잎 터널을 따라 배로 돌아오는 길이었습니다. 제 뒤
로 오랑우탄 한 마리가 새끼를 업고 걸어왔습니다. 베타라는
녀석이라는데 가까이에서 볼 수 있는 절호의 기회였습니다.
길가에 바짝 붙어 베타가 지나가길 조용히 기다렸습니다. 그

런데 녀석이 갑자기 나한테 오더니 팔목을 덥석 잡았습니다. 그리고 함께 걸어가자는 듯 저를 잡아당겼습니다. 졸지에 "으어어 으어어" 하며 딸려 갔습니다. 베타는 힘이 무척 셌지만 저를 아프지 않게 잡았습니다. 하지만 뿌리칠 수 없을 만큼의 힘이었습니다. 놀란 직원이 달려와서 "베타! 장난 그만하고 숲으로 가"라고 했습니다. 하지만 베타는 놓아주는 대신 슬쩍 주먹을 휘둘렀고 놀란 직원은 잽싸게 달아났습니다. 그가 "평소에 저런 애가 아닌데 단단히 화가 났나 보네"라고 중얼거렸습니다. 단단히 화가 난 베타는 여전히 제 팔목을 잡고 있었습니다.

알고 보니 암컷들은 가끔씩 마음에 드는 '남자 사람'에게 접근한다고 합니다. 어쨌든 베타는 꽤 오랫동안 제 팔뚝을 잡은 채 함께 걸었습니다. 오랑우탄 캠프 설립자 갈디카스는 오랑우탄의 눈을 볼 기회가 있다면 그들의 눈이 얼마나 예쁜지 금세 알 수 있을 거라 했습니다. 고개를 돌려 슬며시 베타와 새끼의 눈을 보았습니다. 무슨 말인지 알 것 같았습니다. 결코 그전에 알던 동물의 눈이 아니었습니다. 베타의 눈은 사람의 눈처럼 감정이 흠뻑 담긴 마음의 창이었습니다. 새끼의 작은 숨소리까지 들리는 거리에서 확실히 보았습니다. 이제 됐다 싶었는지 베타는 슬며시 손을 놓았습니다. 그리고 조용히 숲속으로 들어갔습니다. 저를 구하겠다고 달려왔던 직원이 슬며시 다가와 웃으면서 제 등을 툭툭 쳤습니다.

베타 덕분에 방송은 잘 나왔습니다. 방송을 본 지인들은

"어릴 때부터 동물과 친했느냐" "조련사가 옆에서 도와준 게 아니냐" "다음엔 또 어떤 녀석을 만날 거냐"라고 물어보았습니다. 하지만 전 야생 전문가도 아니고 그저 서울 토박이에 차도남입니다. 다만 호기심을 버리지 않고 신나게 둘러보았더니 지켜보던 베타가 먼저 손을 내밀어준 것뿐입니다. 행운은 벌써부터 길 밖에서 저를 기다리고 있었습니다.

오토리버스의
치명적인 마력 속으로

어스, 윈드 앤 파이어 Earth,Wind & Fire, 「**렛츠 그루브** Let's Groove」
콘펑크션 Con Funk Shun, 「**투 타이트** Too Tight」

스마트폰으로 음악을 듣노라면 재생 버튼 옆에 앨범을 무한 반복하는 화살표 버튼이 보입니다. 스트리밍과 mp3 다운로드로 음악을 듣기 시작한 사람은 단박에 반복재생이라고 하죠. 하지만 '독수리표' 턴테이블과 '마이마이'를 거친 저는 '오토리버스'가 먼저 떠오릅니다. LP 앨범은 모두 들으려면 앞면을 한 번 뒤집어줘야 합니다. 그나마 LP는 멋이라도 나지만 카세트테이프는 달깍거리며 꺼내 돌려서 다시 넣는 게 참 귀찮았습니다. A면이 끝나면 자동으로 B면의 음악이 흘러나오는 신기능이 바로 오토리버스였습니다.

그 시절에는 카세프테이프에 음악을 녹음해서 선물하기도 했습니다. 중요한 건 A면이 끝나고 B면으로 넘어갈 때 '마'가 뜨지 않아야 했습니다. 앞면이 끝나고 오토리버스로 뒷면 첫 곡으로 자연스럽게 넘어가야 '이 친구 테이프 좀 다뤄봤군. 음악 좀 아네'라며 인정해주었습니다. 하지만 오토리버스 때문에 한 곡만 주구장창 듣는 이른바 '무한반복족'도 등장하였습니다. 테이프에 한 곡만 채워서 듣는 겁니다.

울진에서 소대장으로 근무할 때 한 달에 한 번씩 부식 트럭을 타야 했습니다. 해안에 흩어진 소초에 건네줄 부식과 부식병을 싣고 운전병과 하루 종일 해안선을 따라 달렸습니다. 그는 운전하는 내내 딱 한 곡만 들었습니다. 이승환의 「제리제리고고」였습니다. 오토리 버스를 예술로 승화시켜 최고의 녹음테이프를 만들던 저와 제 친구들에게 그런 모욕이 없었습니다. 망할 놈의 오토리버스, 망할 놈의 (이승환씨에겐 아무 감정이 없습니다) 「제리제리고고」였 습니다.

그 뒤로 20년이 흘렀고 「제리제리고고」도 오토리버스도 잊 었습니다. 하지만 트라우마는 무좀 균처럼 끈질긴가 봅니다. 여 행 다큐멘터리를 찍으러 오 PD와 함께 20여 일간 순다열도를 돌 때였습니다. 그와는 전에 아르헨티나도 같이 갔었고 호흡도 잘 맞아 방도 같이 썼습니다. 40도에 육박하는 더위와 몸을 물걸 레로 만드는 습도를 견디며 촬영하고 숙소에 돌아오면 손가락 하나 까딱하기도 어려웠습니다. 찬물로 샤워하고 이온음료를 들 이켜야 정신이 조금 돌아왔습니다. 오 PD는 센스 있게 가져온 노트북으로 음악을 들려주었습니다. 시원한 에어컨 아래 갓 샤 워한 뽀송뽀송한 몸으로 음악을 듣는 맛은 꽤 달콤했습니다.

하지만 오 PD 역시 무한반복족이라는 걸 그땐 미처 알지 못했습니다. "굴러가다 보면 좋은 날 오겠지" "굴러 난 굴러간다 아" 아직도 마시따밴드의 「돌맹이」 가사와 멜로디가 툭 튀어나

EARTH, WIND AND FIRE

옵니다. 제 머릿속에서는 인도네시아=순다열도=오 PD=「돌멩이」그리고 다시 인도네시아로 오토리버스 됩니다.

무한반복 해도 괜찮아. 좋아하니까

사실 저한테도 (망할 놈의) 무한반복이 있습니다. 어스, 윈드 앤 파이어의 「렛츠 그루브」「셉템버 September」「애프터 더 러브 해즈 곤After the Love Has Gone」은 들으면 들을수록 반질반질해집니다. 소다로 은접시를 닦는 기분입니다.

Let's Groove

영화 「언더커버 브러더스」에서 진가를 드러낸 콘펑크션의 「투 타이트」도 빼놓을 수 없습니다. 그렇다고 누구처럼 한 곡만 주구장창 돌려 듣지는 않습니다. 그저 운전하다가 이 곡이 흘러나오면 볼륨을 높이거나 단골 술집 더삐에 갔을 때 잊지 않고 신청하는 정도입니다. 물론 주인장은 100번 정도 신청 받았을 테니 지겨울 만도 하겠죠. 그런데 어쩌겠습니까? 카레나 돈가스하곤 다르게 좀처럼 물리지 않는데 말이죠.

Too Tight

둘.
기념품.

기억의 부스러기들이
오래간다.

기억에 길
기억하게나 사건.

기억하는 것도.
사진이다. 그냥 가나 근
기억에 길도 같다
오것이 나도 길고.
어제의 · 1 오늘도.

stained glass

D-kaart.
(= map in English)
디자인 관련 가나을
오이도 지도

D EESTI -estonian
DISANI KESKUS
-design center.

/

사 랑 의   묘 약 ,
파 니 스   마 르 티 우 스
━━

에스토니아의 수도 탈린은 헬싱키와 발트 해를 사이에 두고
있어 배로 두세 시간이면 너끈히 건널 수 있습니다. 주머니에
쏙 들어가는 수도라고 묘사할 만큼 아담해서 자전거로 한 시
간 남짓 달리면 시내 끝에서 끝까지 갈 수 있습니다. 한자동
맹 시대로 거슬러 온 듯한 올드타운에서 라에압틱Raeapteek에
들렀습니다. 라에압틱은 1422년에도 영업을 했다는 약국으
로 유럽에서 가장 오래되었다고 합니다. 1422년이면 태종 이
방원이 죽고 세종이 5년째 조선을 다스리고 있었을 때입니다.
　묵직한 나무 문을 열고 들어가니 오래된 나무 선반에 요즘
약들이 쌓여 있었습니다. 흰 가운을 입은 약사들은 환자들이
내민 처방전에 따라 부지런히 약을 조제하였습니다. 흔히 보
는 약국의 모습과 다를 바 없었습니다. 약국 한쪽에는 아담한
박물관이 딸려 있었습니다. 박물관장은 가느다란 줄이 달린

돋보기안경을 만지작거리며 이곳에 남아 있는 조제 관련 문서 중에 가장 오래된 것은 1422년에 기록된 것이지만, 그보다 훨씬 전부터 약국은 있었다고 하였습니다. 그 당시에는 어떤 재료로 약을 만들었는지 함께 둘러보았습니다. 남아 있는 약품 목록을 바탕으로 만든 재료들은 유리병에 담겨 선반 위에 가지런히 놓여 있었습니다. 말린 두꺼비, 사슴의 고환, 고슴도치, 심지어 개똥까지 무슨 「반지의 제왕」에나 나올 법한 재료들이었습니다.

한창 둘러보고 있을 때 그녀는 대뜸 저에게 여자친구가 있는지 물었습니다. 여자친구는 없고 전처는 있다고 하자 마침 잘되었다며 저를 약사에게 데리고 갔습니다. 그러더니 저에게 '사랑의 묘약'을 처방해주라고 하였습니다. 의심 어린 눈으로 박물관장과 약사를 번갈아 보았습니다.

약사는 무심히 작은 봉지 하나를 건넸습니다. 봉지에는 '파니스 마르티우스Panis Martius'라고 적혀 있었습니다. 파니스 마르티우스는 라틴어로 '3월의 과자'라는 뜻인데 아몬드, 설탕, 달걀을 섞어 만든 마지팬Marzipan으로 이 약국에서 처음 선보였고 한자동맹 시절 북유럽에서 가장 인기 있었다고 합니다. 무엇보다 이 과자에는 사랑의 고통을 아물게 하고 기억을 되살려주는 효능이 있다고 하였습니다. 제가 아픈 데는 없다고 하자 약사는 잘 보관해두었다가 누군가와 사귀다 헤어지면 먹으라고 대꾸했습니다. 아직 만나지도 못한 여자친구와 헤어지고 난 뒤 마음 아파할 것까지 미리 염려해주었습니다.

박물관장과 헤어지고 봉지를 만지작거리며 광장으로 나섰습니다. 짧은 여름이 끝나서인지 하루에도 몇 번씩 날씨가 바뀌었습니다. 갑자기 비가 내려 카페 천막 아래로 서둘러 피했습니다. 비는 곧 그쳤고 햇살은 다시 눈부시게 빛났습니다. 하지만 가볍게 소름이 올라올 만큼 바람이 불었습니다. 에스프레소를 홀짝거리며 몰스킨에다 오래된 시청 건물을 그렸습니다.

물론 파니스 마르티우스는 가방에 잘 넣어두었습니다. 다행인지 불행인지 아직까지는 아프지 않아서 사랑의 묘약은 제 책상 위에 봉지째 있습니다. 만약 여자친구와 헤어진다면 먹어보려고 합니다. 탈린에 다녀온 지 2년 가까이 지났는데 한 번도 안 아팠던 걸 보면 아무래도 다른 효험도 있는 것 같습니다. 다가올 아픔을 미리 막아주는 예방약이나 부적이기도 한가 봅니다. 문득 어느 두통약 광고가 떠오릅니다. 유명한 아이돌 가수가 "어떤 아픔도⋯⋯"라며 노래 부르다가 난데없이 골치 아파하는 여성 팬에게 "아프지 말아요"라며 두통약 한 상자를 건넵니다. 처음 볼 때는 참 몹쓸 만큼 어설프다, 저런 광고를 찍어야 하다니 가수가 불쌍하다 싶었지만 이제는 약이라는 게 과연 무엇인지, 약의 정수를 보여주는 광고가 아닌가 싶습니다. 치료보다 먼저 위로받고 싶은 마음, 또 이 약을 품기만 해도 아프지 않을 거라는 믿음, 게다가 든든하고 사랑스러운 신적인 존재까지. 다만 그 아이돌이 제 눈에는 신처럼 보이지 않아서 그땐 미처 알지 못했나 봅니다. 하지만 믿음을 가진 자들에겐 이미 충분한 위로가 되었을 겁니다. 파니스 마르티우스만큼이나 말이죠. 그래서 연인들을 위한 축일祝日인 밸런타인데이에 파니스 마르티우스처럼 달콤한 초콜릿을 건네나 봅니다.

밸런타인데이는 본디 발렌티노 성인의 축일입니다. 하지만 발렌티노와 사랑이 어떤 관계가 있는지 잘 모르겠습니다. 특별한 역사가 있었다기보다는 은근슬쩍 초콜릿 파는 사람들이 만든 기념일이 아닌가 싶습니다. 하지만 유래가 없다고 해서 결코 무시할 수는 없습니다. '짜장면'이 문법에 맞지 않는다며 '자장면'으로 쓰라고 했지만 결국 문법 자체를 바꿔버리고 말았습니다. 밸런타인데이도 마찬가지입니다. 근본 없는 이벤트라고 애써 무시해봐야 사랑받을 기회만 놓칩니다. 밸런타인데이가 지나면 화이트데이, 그 뒤로 생일, 100일, 200일, 크리스마스까지 챙겨야 할 날들은 계속됩니다. 그래서 남성들은 여행을 떠날 때면 굳이 무슨 날이 아니어도 면세점에 들러 여성 화장품과 향긋한 차를 고르고 명품 가방 매장을 영혼 없이 기웃거려야 합니다. 만약 그게 싫어서 못 살겠다, 때려치우겠다면 뭐 나 홀로 지내야죠. 그뿐입니다. 하지만 뉴기니의 극락조도 암컷을 유혹하기 위해서 반짝거리는 유리조각을 주워 모은다는 것만은 알아두면 좋겠군요.

사 랑 의 　 화 석
신 혼 여 행 　 사 진

▰▰▰▰

40년 전 제임스 본드는 유두가 세 개 달린 악당 스카라망가
(크리스토퍼 리 분)와 타이의 타푸 섬에서 혈투를 벌였습니다.
그 뒤로 타푸 섬은 제임스본드 섬으로 불립니다. 20여 년 전
에는 리어나도 디캐프리오가 스물다섯 청년으로 피피 섬에서
빛나는 한때를 보냈습니다. 저도 「007: 황금총을 가진 사나
이」와 「더 비치」의 섬 푸켓으로 2000년에 신혼여행을 떠났습
니다. 처음으로 여자와 함께 떠난 해외여행이었습니다. 어디
로 갈지는 제가 정하기로 했습니다. 실수하지 않으려고 인터
넷을 뒤지고 여행사 담당자가 진상이라고 할 만큼 전화로 묻
고 또 물었습니다. 푸켓은 그런대로 괜찮았습니다. 예약한 호
텔은 무척 넓었고 해변은 깨끗하였습니다. 땀에 젖은 살 냄새
가 나는 부슬거리는 밥과 콤팩트 파운데이션을 씹는 듯한 맛
의 고수도 그런대로 잘 맞았습니다. 가이드가 추천한 호핑투
어와 마사지도 그리 나쁘지 않았습니다. 돌이켜보면 그딴 것
까지 가이드를 꼭 써야 했는지, 그 많은 돈을 꼭 내야 했는지,
푸켓으로 꼭 가야 했는지, 신혼여행은 꼭 가야 했는지, 결국
결혼을 꼭 해야 했는지 질문은 꼬리에 꼬리를 물며 좀처럼 끝
나지 않지만 말입니다.

　　그땐 참 어설픈 여행자였습니다. 잔뜩 기대를 하고 정보를
모았지만 결국 여행사와 가이드에 의지해야 했습니다. 아무리

나만의 여행을 원해도 똑같은 일정과 옵션의 틀에서 벗어날 수 없었습니다. 심지어 결혼도 패키지 상품이나 다를 바 없었습니다. 이렇게 갇혀 있는 줄도 모른 채 맴돌고 있는 걸 자유라고 믿고 살았습니다.

얼마 전 책장을 정리하다가 우연히 비닐에 담긴 사진 뭉치를 발견하였습니다. 신혼여행 사진이었습니다. 애써 찾으려 해도 도무지 찾을 수 없을 만큼 엉뚱한 서류들 사이에 끼어 있었습니다. 꺼내 보니 습기를 잔뜩 먹어 우둘투둘 구겨졌습니다. 하지만 사진 속 그녀와 전 몹시 예쁘게 웃고 있었습니다. 저에게 신혼여행 사진은 잘못 낀 첫 단추 같은 기념품입니다. 조금만 더 신경 썼더라면, 중간에라도 얼른 다시 끼웠더라면 어땠을까 그저 한숨만 나올 뿐입니다. 한참 들여다보다 도무지 어디에 두었는지 모르도록 더욱 깊숙이 묻어두었습니다.

사진은 숨길 수 있었지만 입맛과 기억까지 지울 수는 없는 모양입니다. 타이 음식점에서 팟타이 속 고수를 씹을 때면 푸켓 여행 안내서, 일수 가방을 들고 다니던 까무잡잡한 가이드, 그녀가 바다 속 산호를 만지려다 물에 빠져 허우적거리고는 애꿎게 저를 보고 씩씩거리던 모습, 그리고 돌아오는 비행기 안에서 언제 그랬느냐는 듯 만화 주인공 같은 눈매를 만들며 웃겨주었던 표정까지 사진보다 더 생생하게 스

쳐갑니다.

버나드 쇼는 "결혼이라는 게 생긴 이래 위대한 예술가는 고약한 남편으로 알려져왔다네. 그렇지만 실제로는 그 이상이야. 그는 자식 도둑이고, 흡혈귀고, 위선자며, 사기꾼이지"라고 이죽거렸습니다. 어쩐지 지금의 저를 보고 이야기하는 것 같습니다. 딱 한 가지 '위대한'이라는 형용사만 빼면 말이죠.

물론 제 탓은 아니겠지만 신혼여행 장소로서 푸켓은 인기가 조금씩 사그라들었습니다. 세부가 대세였고 그다음엔 괌이었고 지금은 크로아티아 두브로브니크로 넘어왔습니다. 앞으로 또 어디가 될지 모르겠지만 한번 유행이 지난 자리엔 '촌스럽다'라는 인상만 쓸쓸히 남습니다.

어떤 블로거가 여행 대신 '정복'이라는 말을 쓴 걸 보았습니다. 저도 한때 세계지도를 벽에 붙이고 다녀온 나라들을 하나씩 색연필로 칠해보려고 한 적이 있습니다. 세계를 나의 색으로 채워보겠다는 야심이었습니다. 하지만 지구본이 있다고 지구를 가진 게 아닌 것처럼 몇 개 도시와 관광지를 둘러봤다고 그 나라를 '정복'했다고 말하긴 어렵습니다.

삶에는 두 가지 비극이 있소. 하나는 마음속 욕망을 잃는 것이고 또 하나는 그걸 이루는 것이오.

_조니 버나드 쇼, 「인간과 초인」(이후지 옮김, 열린책들, 2013)

오직 사랑받는 물건만이
살 아 남 는 다

여행을 가면 왜 꼭 필요하지도 않은 기념품을 살까요? 기념품을 고르고 사는 순간 이야기가 생겨나고 나의 감정도 함께 실리기 때문입니다. 드라마나 영화 속 소품이나 주인공이 입은 옷에 유난히 눈이 가는 것과 비슷한 이유입니다. 보기 예쁘고 나한테 필요하기도 하지만 말 그대로 그 물건에 드라마가 고스란히 담겨 있기 때문입니다. 그런데 기념품에는 드라마 소품보다 훨씬 더 개인적인 드라마가 담겨 있습니다.

　기념품을 뜻하는 Souvenir라는 말은 '특별한 시간과 경험을 불러일으키다'라는 뜻의 라틴어 subvenīre를 어원으로 둔다고 합니다. 기억이 곧 쓸모인 셈입니다. 그래서 기념품 가게에서 산 기괴하게 생긴 병따개나 싸구려 열쇠고리보다 시간을 보낸 카페에서 슬쩍한 메뉴판, 설탕 봉지, 냅킨이 훨씬 더 훌륭합니다. 거창하게 말하자면 내 인생의 한 조각을 담은 부스러기이기 때문입니다. 그리고 비싸든 싸든 쓸모가 있든 없든 모든 기념품의 운명은 다 똑같습니다. 결국 사랑하는 것만 남게 됩니다. 그렇게 '오직 사랑받는 물건만이 살아남는' 것임을 보여주는 제 부스러기들을 정리해봅니다.

내 여행의 부스러기들

`Pico Dulce 사탕 껍질` 부에노스아이레스에서 멀티탭을 사려고 철
물점에 들렀습니다. 사장님은 벨벳 재킷을 입고 중절모와 목도리까지
걸쳐 한껏 멋을 냈습니다. 그리고 니하오마, 아파카바르, 곤니치와, 안녕
하세요 등 여러 나라의 인사말을 끊임없이 쏟아내었습니다. 그러면서
입가심이나 하라며 사탕 두 알을 건네주었습니다.

`카페 토르토니 냅킨과 도레고 바 설탕 봉지` 부에노스아이레스에서 제대로
된 커피를 마시고 싶다면 토르토니Tortoni와 플라사 도레고 바Plaza Dorrego
Bar로 가야 합니다. 토르토니는 1858년에 문을 연, 아르헨티나에서 가
장 오래된 카페입니다. 커피 맛은 명불허전이고 지하에서는 탱고 춤
공연이, 1층에서는 탱고 연주가 열립니다. 처음 카페를 연 뒤로 지금
까지 탱고의 밤은 중단되지 않았습니다. 종업원들은 결코 젊다고 할
수 없지만 모두 정장을 입고 우아하고도 조용히 손님을 챙깁니다. 냅
킨을 쿵쿵거리면 진한 반도네온 연주에 취한 에스프레소 거품이 느껴
지는 듯합니다.

플라사 도레고 바는 그 역사가 130년이 넘은 곳으로 산텔모 도레고 광장의 터줏대감입니다. 토르토니가 화려하다면 플라사 도레고 바는 무척 서민적입니다. 커피를 홀짝거리며 오래도록 머물고 싶다면 도레고를 추천하고 싶습니다. 매주 일요일 산텔모 거리에서 벼룩시장이 열리고 저녁에는 밀롱가(탱고를 즐기는 이들이 모여 연주나 춤을 즐기는 장소 혹은 이벤트)도 열립니다. 카페에서 슬쩍한 메뉴판과 설탕 봉지에는 밀롱가의 열기가 담겨 있습니다.

기내식 소금과 후추 핀란드 핀에어를 타면 기내식 소금과 후추 봉지에서도 핀란드의 군더더기 없는 디자인이 느껴집니다. 냅킨과 종이컵마저 마리멕코Mari Mekko의 디자인입니다. 또 케냐에어웨이에서 커피를 마시면 기린 설탕과 코끼리 크림을 줍니다. 우리나라 항공사는 아쉽게도 그냥 후추, 소금이라고만 적혀 있습니다.

073

맥주 코스터　　베를린 시내를 하루 종일 돌아다니다가 여기다 싶어 들어갔습니다. 맥주 맛은 황홀했고 안주는 푸근했습니다. 알고 보니 1328년부터 맥주를 만들어온 아우구스티너 브로이 뮌헨Augustiner Bräu München이었습니다. 만약 베를린을 다시 찾게 된다면 여기에 들러 '먼저 필스너 한 잔부터!'라고 외치고 싶습니다.

편의점 쿠폰　　순다열도를 다니면서는 전단지 한 장 찾기 어려웠습니다. 나흘째 되어서야 겨우 알파 마트에서 쿠폰 한 장을 챙겼습니다. 스티커를 모아 다 붙이면 슈퍼히어로 인형을 받을 수 있습니다. 적도의 무더위에 지쳐 쓰러질 때쯤 알파 마트는 오아시스였습니다. 제 평생 마실 포카리스웨트는 알파 마트에서 다 마셨을 겁니다.

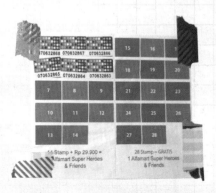

국기 에스토니아 광복절인 독립기념일 행사에 참가했습니다. 아름드리나무가 곧게 뻗어있는 산책로를 따라 초콜릿 아이스크림을 핥으며 걸었습니다. 탁 트인 공원에 전통 의상을 차려입은 사람들도 보였습니다. 사람들은 아주 조용히 모여들었습니다. 행사장은 꽃으로 장식된 단출한 무대가 전부였습니다. 입구에서 에스토니아 국기를 나눠주었습니다. 에스토니아 국기는 위에서부터 파랑, 검정, 하양으로 이루어집니다. 파랑은 바다, 검정은 땅 그리고 하양은 정신을 상징한다고 합니다.

이윽고 100여 명의 어린이 합창단이 노래를 불렀습니다. 아이들 노래라고 믿기지 않을 만큼 음정과 박자가 정확했습니다. 중학교 시절의 합창단 기억이 자연스레 떠올랐습니다. 똑같은 음을 내기 위해 선생님께 얼마나 맞았는지 30년이 지났지만 아직도 그 시절을 생각하면 엉덩이가 얼얼해집니다. 무슨 노래인지 모르지만 저도 모르게 따라 흥얼거리고 있었습니다. 에스토니아에서는 어릴 때부터 크고 작은 합창단 활동을 한다고 합니다. 대부분 악기도 잘 다룹니다. 합창은 일상에 스며들어서 합창을 빼놓고 에스토니아를 말할 수 없습니다. 노래로 독립을 맞는 사람들과 공원에 가득한 꽃들에서 향기가 피어올랐습니다.

캔맥주   어디서부터 시작했는지 모르겠지만 어느 나라에 가든 캔맥주 한두 개를 사서 트렁크에 넣어 돌아옵니다. 처음에는 친구들에게 줄 가벼운 선물로 샀는데, 저만의 여행 기념품으로 모으다 보니 어느새 집착이 생겼습니다. 아르헨티나에서 캔맥주를 못 챙기고 서울로 돌아왔을 때 몹시 서운했습니다. 인도네시아에서는 공항 면세점에서 빈탕Bintang 캔맥주를 겨우 샀습니다. 공항 검색원은 다 마시고 들어가라고 했지만 서늘한 눈초리를 요령껏 피해 가방에 슬쩍 담아 비행기에 탔습니다.

뭐니 뭐니 해도 냉장고 자석   뭐가 그리 대단하다고 몇 번씩 사오라고 당부하시는지 처음엔 시큰둥했습니다. 하지만 캔맥주를 모으게 되면서 어머니를 이해하게 되었습니다. 저는 캔맥주, 어머니는 냉장고 자석에 집착합니다. 바르셀로나 구엘 공원의 도마뱀을 본뜬 자석 냉장고는 생각보다 무척 비쌌습니다. 큰마음 먹고 샀는데 지금은 가장 애착이 갑니다. 물론 어머니가 가장 아끼는 녀석이기도 합니다. 점점 냉장고를 뒤덮는 자석을 보면 칭기즈 칸이나 나폴레옹의 정복욕도 이해가 갈 것만 같습니다. 어서 빨리 다 덮어버리고 싶습니다.

기 념 품 을   건 네 니
쓰 다 듬 어 주 네

———

2012년 가을, 마드리드에서 비행기를 타고 아테네로 갔습니다. 방송 팀과 함께 경제를 잘 모르는 문외한(인 저)의 눈으로 유럽의 경제 위기를 취재하기 위해 왔습니다. 비행기가 활주로에 내리자 승객들은 모두 안도감에 박수를 쳤습니다. 20년 전 김포에서 포항까지 가는 비행기를 처음 탔을 때도 그랬습니다.

엘레프테리오스 베니젤로스 공항에서 아테네 시내로 가는 길에는 빈 광고판들만 가득하였습니다. 공연이 끝나고 버려진 무대처럼 을씨년스러웠습니다. 사납게 뜯겨나간 빛바랜 전단지 조각들이 너덜거렸습니다. "벌써 몇 달째인 줄 알아? 자꾸 돈 안 주면 이젠 어쩔 수 없어"라며 씩씩거린 듯 보였습

니다. 시내로 들어서니 가게 문이 대부분 닫혀 있었습니다. 셔터는 꽤 오래전에 그라피티로 뒤덮였고 그 위로 '팝니다' '비었습니다'라고 쓴 벽보가 더덕더덕 붙어 있었습니다. 신문에서 본 유럽발 경제 위기라는 '기사'가 눈으로 보고 손으로 만질수 있는 '구체적인 현실'로 하나씩 바뀌어갔습니다. 거리의 모습은 무척 심각했지만 하늘과 사람들 표정만큼은 밝았습니다. 왜 그리스 사람들은 집 안에 3일만 있어도 근질근질해지는지 알 것 같았습니다. "수출할 수만 있다면 그리스 날씨는 최고의 상품이 되었을 것"이라는 농담이 결코 빈말은 아니었습니다. 낮은 상쾌하게 반짝거렸고 밤은 건조하게 시원했습니다. 오렌지는 달고 올리브 오일은 고소하고 사람들은 낭창낭창하였습니다. 가게나 카페에 들를 때면 언제나 먼저 말을 걸어왔습니다. 한번 이야기를 꺼내면 좀체 끝낼 줄 몰랐습니다. 그들에게 마침표는 그저 장식에 불과한지도 모르겠습니다. 하지만 헤어질 때면 제가 마신 맥주 한 잔 정도는 아무 대가 없이 계산해주었습니다. 게다가 깜짝 놀랄 만큼 잘생기고 몹시 아름다웠습니다.

미리 취재 섭외를 해둔 보건소에 들렀습니다. 경제 위기로 정부의 예산이 부족하다 보니 의료나 복지 서비스부터 제대로 돌아가지 않았습니다. 두 눈으로 직접 보려고 보건소에 들렀는데 마침 보험 혜택을 받지 못하는 아이들이 무료 백신을 맞는 날이었습니다. 입구부터 몹시 북적거렸고 만나기로 한 병원 매니저도 아이들 명단을 확인하고 간호사에게 지시를

하고 병실을 관리하느라 무척 바빴습니다. 허락을 받고 조심
스레 보건소를 촬영하였습니다. 인터뷰에 응한 한 여성은 이
나라가 날씨도 좋고 사람도 친절해서 살기 좋았는데 하루아침
에 이렇게 나빠질 수 있는지 신이 질투하는 게 틀림없다며 한
숨지었습니다. 대략 취재를 마치고 마지막으로 매니저 인터뷰
만 남았습니다. 한참을 복도에서 기다린 끝에 매니저와 이야
기를 나눴습니다. 그녀는 비교적 담담하게 알려주면서도 바빠
서인지 인터뷰를 빨리 마쳤으면 하는 눈치였습니다. 이때 곰
살맞은 최 PD가 내게 눈짓을 하며 조그마한 봉투를 슬쩍 건네
주었습니다. 한복을 입은 신랑신부가 달린 책갈피로 한글 문
양으로 장식된 봉투에 담겨 있었습니다. 오기 전에 인사동에
서 산 대수롭지 않은 기념품이었습니다. 바쁜데 인터뷰해줘서
고맙다고 선물을 건넸습니다. 순간 먹구름이 드리워졌던 그녀
의 표정은 이내 지중해의 햇살처럼 환하게 빛났습니다. 그러
고는 참 고맙다며 내 등을 자연스럽게 쓰다듬었습니다. 저는
느닷없는 환대와 스킨십에 어쩔 줄 몰랐고 촬영하던 최 PD는
이럴 줄 알았으면 자기가 줄걸 그랬다며 아쉬움에 입맛만 다
셨습니다.

우리가 아는 그리스 신화는 2,000년 전 오비디우스가 쓴
작품에 큰 빚을 지고 있습니다. 그런데 그가 남긴 대서사시의
제목은 그리스 신화가 아니라 'Metamorphoses libri' 즉 '변
신 이야기'였습니다. 신들은 인간과 사랑을 나누기 위해서 너
무하다 싶을 만큼 거리낌 없이 동물이나 식물로 탈바꿈합니

다. 이번엔 또 누구한테 껄떡거리려고 이렇게 바뀌었다, 이런 이야기가 끝없이 되풀이됩니다. 사람들은 신을 원했고 신은 자연스레 사람의 모습을 닮아갑니다. 이런 신마저도 살갑게 느껴지는 건 그리스 사람들의 태도 덕분입니다. 등줄기를 쓰다듬던 그녀의 손길을 떠올리면 아직도 마음이 따뜻해집니다.

물건을 교환하는 건
많은 이야기를 듣는 것

이렇게 기념품을 거꾸로 주기도 합니다. 스페인에서 일주일 동안 방송 코디네이터를 해준 선배에게는 '햇살이 얼마나 행복한 것인지 온몸으로 느꼈습니다'라는 글귀와 함께 태양을 그려주었습니다. 아르헨티나 북부 살타 계곡에서 만난 오카리나 연주자에게는 음악을 선물받았기에 저는 초상화를 선물했습니다. 인도네시아 파판다얀 화산에서 만난 친구들은 저를 위해 라면을 끓여주고 노래도 불러주었습니다. 답례로 연필로 얼굴을 그려주었습니다. 돈 대신에 마음과 이야기와 기억들이 오갔습니다.

영화 「타이페이 카페 스토리」에 등장하는 카페는 잡다한 물건들로 가득합니다. 마음에 드는 물건이 있다고 돈으로 살 수는 없습니다. 대신 그만큼 가치 있다고 여기는 물건을 가지고 오면 교환할 수 있습니다. 카페 주인은 "물건을 교환하는

스페인에서 굴러나
햇살이 굴러나 여기지
여보난 것이지
은용으로 느껴집니다.
그리그... 잘찾아주셔서
신벽써웅 미캄써 고맙습니다
2012.10. 밥자 in 마드리드

건 많은 이야기를 듣는 것"이라고 하였습니다. 그녀가 원했던 건 돈이나 물건보다도 물건에 담긴 이야기였습니다. 시간이 흘러 카페가 자리를 잡자 "근데 많이 들었어. 내 이야기를 들려줄 날도 왔으면 좋겠네"라며 티라미수를 만들다가도 떠나는 꿈을 꿉니다. 그러다 마침내 물건을 맡기러 온 손님들에게 카페를 맡기고 나만의 이야기를 찾아 배낭을 메고 떠납니다. 영화처럼 저도 묻고 싶습니다.

당신에게 가장 가치 있는 물건은 무엇입니까?

거기엔 어떤 이야기가 담겨 있습니까?

" Old Thomas 탈린의 수호신. 지금은 마르코트.

러시안들로부터 탈린을 구해내주마! 상징!근데 좀 귀엽네...

구 시청건물 windvane에 달려있어요.

러시아점령 후 가난해진 '덕벌'에 지금 고전낙함 분위기를 유지하게 되었다.

※ 여기에는 칼라였음. 그래서 새롭게 칼라로 복원!!

Tallinn Tow

손에 잡히는 음악은
기념품이 되고

아무르 디아브 Amr Diab, 「**하비비 야 누르 엘 아인**Habibi Ya Nour El Ain」
스즈키 쓰네키鈴木常吉, 「**추억**思ひ出」「**물고기 비늘**ぜいご」

기념품을 다운로드 받는다? 왠지 입에 잘 붙지 않습니다. 만약
음악이 기념품 노릇을 하려면 일단 LP나 CD처럼 손에 잡히는
물건이어야 합니다. 또한 기념품에는 뉴칼레도니아의 수도 누
메아의 새벽시장이나 아르헨티나의 소금사막 살리나그란데처
럼 바꾸기 어려운 장소가 녹아들어야 제맛입니다.

　이집트에서 산 CD 한 장이 떠오릅니다. 카이로의 바자에는
노련하다 못해 사기꾼 취급받는 장사꾼들로 가득합니다. 그래
서인지 '정가'나 '정찰제'라는 말을 하는 게 도리어 그들의 능력
을 무시하고 흥정의 기회를 빼앗는 불공정한 거래처럼 보입니
다. 이상한 나라에서는 가만히 있으면 되레 더 이상해집니다. 그
들에게 배운 대로 "하우 머치?" 대신에 "왓츠 '유어' 프라이스?"
라면서 물건을 살 때마다 일일이 흥정했습니다(덕분에 아직도
이집트 물가가 어떤지 모릅니다).

우연히 아무르 디아브

우연히 바자 뒷골목에서 음반 매장을 찾았습니다. 매장이라고
해야 간신히 가판을 면한 수준이었습니다. 벽에는 이집트에서
내로라하는 가수들의 사진과 포스터 들이 빼곡히 붙어 있었습
니다. 주인은 여느 가게 주인과 다름없이 '굿 프렌즈'를 입에 달
고는 슬며시 저를 가게 안으로 끌어당겼습니다. 이집트의 국민
가수 아무르 디아브의 앨범을 찾는다니까 주인이 덥수룩한 수
염 사이로 건강한 이를 드러내며 활짝 웃었습니다. 그러고는 음
반 한 장을 건네며 엄지손가락을 치켜세웠습니다. 그런데 왠지
불법의 향기가 솔솔 풍겼습니다. 이거 정품이냐, 곡은 다 들어
있느냐, 알고 보면 필리핀 가수가 부른 게 아니냐며 계속 물었
습니다. 그때마다 "어이 굿 프렌드, 문제없다구. 노 프라블럼이
야. 안 나오면 다시 갖고 와"라면서 안심시켰습니다. 숙소에 오
자마자 CD플레이어에 넣었습니다. 목소리의 주인공은 꾸물거
리는 듯한 연주를 뒤로하고 알앤비보다 '뽕'에 가까운 목소리에
한껏 그루브를 담아 쉴 새 없이 '하비비 야 누르 엘 아인Habibi Ya
Nour El Ain(내 눈동자 속에 빛나는 내 사랑이여)'를
부르짖었습니다. '음. 아무르 디아브도, 굿 프렌즈
도 맞군.'

소울 푸드 소울 뮤직

『심야식당』의 작가 아베 야로를 만날 때도 마찬가지였습니다. 심야식당 비슷한 강남의 한 식당에서 간단한 안주를 먹으며 그와 이야기를 나눴습니다. 아베 야로는 제가 가져온 『심야식당』과 『야마모토 귀 파주는 가게』에 마스터와 여주인을 정성스레 그려주었습니다. 그러고는 특별한 선물이라며 드라마 『심야식당』 주제가가 담긴 스즈키 쓰네키치의 앨범을 건네주었습니다. 다운로드로는 결코 받을 수 없는 음악 '선물'이었습니다. 음악이 잊지 못할 기념품이 된 겁니다.

그대가 뱉어낸 하얀 숨이 지금 천천히 바람을 타고 하늘에 떠 있는 구름 사이로 조금씩 사라져간다.

_「오모히데ㅌ♡⊎(추억)」에서

드라마 「심야식당」의 주제가 「제이고ざいご(물고기 비늘)」도 반한 곡입니다. 노래를 직접 만들어 부르는 싱어송라이터답게 스즈키 쓰네키치의 목소리에는 '입맛'이 담겨 있습니다. 마치 소울푸드인 우동 한 그릇을 앞에 두고 가물가물한 옛이야기를 애처롭게 뒤적거리는 듯합니다. 늦은 밤 도시 한구석 작은 식당에 모인 손님들에게 '집밥'을 내주는 마스터의 모습과도 무척 닮았습니다. 아무리 먹어도 배부르지 않는 밤에는 치맥이나 족발보다 젖은 목소리가 더 낫습니다.

셋.
공항 + 비행.

여행의 예고편을
맛보고 문턱을 넘다.

'딱   그 곳'에
섰 을 때 를 상 상 함

━━

함께 아르헨티나와 순다열도를 다녀온 오 PD는 4개월에 한
번씩 해외촬영을 떠납니다. 어디로 갈지는 작가와 함께 결정
한다는데 쉽지 않다고 합니다. 소말리랜드나 북한이 아니고
서는 다루지 않은 나라가 거의 없기 때문입니다. 고민이 될
때는 한 선배가 쓰던 방법을 떠올린다고 합니다. 지도를 펼쳐
놓고 눈을 감고 손으로 찍은 뒤 무작정 떠난다고 합니다. 선
배는 지금도 이렇게 하는데 별 탈 없이 잘 만든다고 합니다.
어쩌면 처음부터 특별한 여행지란 없는 게 아닐까 싶습니다.
왠지 카드 게임하고 닮았다는 생각도 듭니다. 카드를 손에 쥐
고 새로운 카드를 고르는 순간부터 게임은 시작됩니다. 손에
쥔 카드가 여행지라면 우선 좋은 카드를 고르는 것이 여행자
의 몫입니다. 물론 손에 쥔 카드가 형편없어도 이길 수 있고
반대로 죽이는 카드를 쥐었어도 끝장날 수 있습니다. '그다음

어떻게 풀어볼까?'는 모두 여행자의 의지에 달려 있습니다. 그래서 내 뜻대로 못하는 패키지여행은 애초부터 재미없을 수밖에 없습니다. 또한 완벽하게 계획을 세우고 떠날 수도 없습니다. 아직 예선도 치르지 않았는데 월드컵 결승전을 재방송으로 볼 수는 없는 노릇입니다.

여행 떠나기 전날은 애써 덜 잡니다. 미뤄둔 술 약속을 잡거나 프리미어 리그 중 하위 팀 경기를 새벽까지 보곤 합니다. 공항버스 타러 가기 한 시간 전에야 비로소 트렁크를 꺼내 몰스킨에 미리 적어둔 목록을 보며 짐을 쌉니다. 그래야 여권, 전자티켓, 비자카드, 손톱깎이나 슬리퍼처럼 꼭 챙겨야 하는 물건을 어이없이 빠뜨리는 낭패를 겪지 않습니다. 푸른색 하드케이스 트렁크는 10년 가까이 저와 함께 다녔습니다. 손잡이를 밀어 넣는 부분은 깨졌고 표면은 한때 매끈했던 흔적을 찾기 힘들지만 아직 그런대로 쓸 만합니다. 남수단 주바 공항에서는 별다른 짐이 없다며 유성매직으로 거침없이 동그라미를 그렸습니다. 아르헨티나 엘 칼라파테 스티커와 발리에서 산 빈탕 맥주 스티커가 나란히 붙어 있고 짐표 바코드는 거리 행진할 때 종이 꽃가루 날리듯 어지럽게 붙어 있습니다. 빈티지 제품을 좋아한다면 빈티지 제품을 사지 말고 오래 써서 빈티지로 만들라는 말이 무슨 뜻인지 알 것 같습니다. 역촌동 공항버스 정류장에서 트렁크에 걸터앉아 공항버스를 기다리며 여권을 만지작거립니다. 그리고 뭉게구름과 하늘, 비가 내리는 땅과 오지 않는 땅, 대기권과 우주가 만난다는 '딱 그곳'에

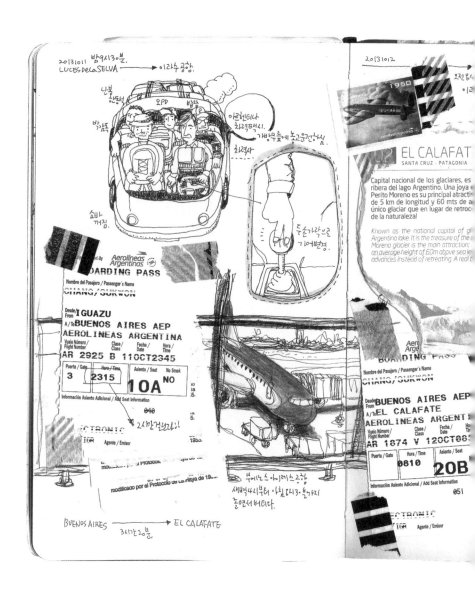

느꼈다.

...었는데

... '아무것도 아니다' 라는

... 에 어느 정도이길래...

... 지만 호기심을 가지며 과자박스를 오려본다.

en la
aciar
ente
es el
lleza

r the
Perito
with
r that

서면 어떨지 상상해봅니다. 버스에 올라타면 비로소 일상이 끝나고 여행이 시작됩니다.

나 홀 로 공 항 사 색

공항이 가까워지면 저 멀리 꼬리의 날개들이 보입니다. 각도를 잘 맞추면 착륙하는 비행기가 마치 비행접시처럼 보이기도 합니다. 공항으로 가는 길은 영화 예고편처럼 기대로 넘쳐납니다. 예고편이 재미난 건 엑기스만 보여주기 때문은 아닙니다. 잔뜩 기대를 심어주고 기대가 몸속에 도파민을 분비시켜 재미를 불러일으킵니다. 그런데 막상 기대했던 걸 이루면 도파민이 줄면서 쾌감도 함께 줄어듭니다. 예고편보다 재미나는 영화를 보기 어려운 과학적인 이유입니다.

공항에 도착하면 예고편이 끝나고 영화가 시작되기 직전으로 돌아간 기분입니다. 영화관에서는 맥주 광고와 3D 아이맥스 예고편으로 한껏 분위기를 달구다가 갑자기 표정을 바꿔 핸드폰 끄고 앞좌석 발로 차지 말라고 경고합니다. 그저 할 일을 하는 것뿐이라는 말투로 비상시에는 어디로 대피할지 딱딱하게 알려줍니다.

천국과 지옥을 앞두고 심판을 기다리는 연옥이 있다면 아마 공항처럼 생기지 않았을까 싶습니다. 아무리 처음 비행기를 타거나 10년 만에 다시 만나는 가족을 만나러 가도 마찬가지입니다. 어디서 와서 어디로 가든 한결같이 정색을 합니다. 그나마 도착하는 도시 이름과 출발 시간을 알려주는 전광판이 숨통을 틔워줍니다(차가운 LED 전광판 대신 차르륵 소리를 내며 도시 이름과 출발 시간이 바뀌는 '빈티지' 안내판이 더 낫지 않을까 싶습니다).

여권을 들춰보면 여행의 흔적이 남아 있습니다. 여권은 꼬질꼬질할수록 제맛입니다. 출국 창구 직원에게 여권을 건네면 빈 곳을 찾는 데 잠깐 애를 먹습니다. 몇 쪽을 뒤적거리고 나서야 마땅한 곳을 찾아 출국 도장을 찍습니다. 가볍게 인사하고 통과한 후 가만히 뒤쪽을 넘겨봅니다. 일본은 QR코드까지 있으며 네팔은 손으로 씁니다. EU는 형제처럼 똑같고 아르헨티나는 EU를 애타게 닮았습니다. 타이는 입국할 땐 네모, 출국할 때는 세모이고 뉴욕은 타원입니다. 파라과이는 진하고 큰 빨간 동그라미입니다. 대한민국은 촘촘하고 소박합니다. 이번에는 어떻게 생긴 도장을 받을지 디자인은 새로울지 기대해봅니다. 여권이 만료되는 2021년까지 입출국 도장으로 빈틈없이 채워보고 싶습니다.

2011년 혼자 뉴칼레도니아를 다녀왔습니다. 발권에서, 출국 수속, 면세점 쇼핑과 탑승까지 나 홀로 묵묵히 처리합니다. 그리스 신화에 나오는 아르테미스와 아폴론은 둘 다 '싱글'이었지만 이유는 조금 달랐습니다. 달의 여신 아르테미스는 몹시 아름답고 냉랭하였습니다. 그래서 인간이나 신 모두 섣불리 다가서질 못했습니다. 달은 익숙하지만 결코 뒷면을 볼 수

없습니다. 그래서인지 이해할 수 없는 상황에 빠지면 곧잘 달을 핑계로 듭니다. 미쳐도 달, 기분이 이상해도 달, 인간이 늑대로 변해도 달의 탓이었습니다. 일본의 애니메이션「그랜다이저」의 악당들마저 달의 뒷면에서 튀어나옵니다. 하지만 태양의 신 아폴론은 다릅니다. 다 보여주지만 너무 눈부셔서 제대로 볼 수가 없습니다. 이른바 '자뻑'에 빠져 자신 외에 다른 사람이나 다른 신은 필요 없습니다. 저처럼 혼자 출국 수속을 밟는 사람들을 보며 상상해보았습니다. 그(녀)는 아르테미스일까 아니면 아폴론일까 말이죠.

게이트 앞에 앉아 탑승 시간을 기다리며 떠나려는 사람들의 얼굴을 찬찬히 들여다보았습니다. 떠나는 게 좋아 떠나기도 하고 더 이상 떠나기 싫지만 마지못해 떠나기도 합니다. 휴가에 맞춰 어렵사리 닷새 동안 떠나는 '휴가 여행자'는 적어도 '동료들보다는' 더 나은 시간을 보내고 싶어합니다. 이때부터 페이스북에 부지런히 사진을 올립니다.

하지만 적어도 한 달 이상 떠나는 사람들은 SNS보다는 길 자체에 빠진 사람들입니다. 『신을 찾아 떠난 여행』을 쓴 에릭 와이너는 평생 착한 사람으로 살았지만 '그래서 뭐?'라는 질문에 답을 해줄 수 있는 신을 찾아보려고 전 세계를 돌아다녔습니다. 『나는 걷는다』의 베르나르 올리비에는 기자로 은퇴한 뒤 담요를 박차고 나와 예순한 살에 터키부터 중국까지 걸어서 완주하였습니다. 또한 『아름다운 지구인 플래닛 워커』의 존 프란시스는 그저 자동차가 싫어서 동네를 걷기 시작했

셋. 공항＋비행
여행의 예고편을 맛보고 문턱을 넘다
101

고 22년간 미국 전역을 걸어 다녔습니다. 알랭 드 보통은 『일의 기쁨과 슬픔』에서 참치 캔 속 참치는 도대체 어디서 잡히는지 알아보려고 남태평양까지 가서 기어이 참치잡이 배를 탔습니다. 허세 때문에 떠나든 길이 좋아서 떠나든 여행을 나들이로 나서는 사람들은 결국 집으로 돌아옵니다. 하지만 영원히 정착할 곳을 찾으려는 사람은 도리어 멈출 수가 없습니다. 『패밀리 집시』의 저자이자 타고난 여행자인 다카하시 아유무는 아내와 자녀 둘과 함께 무려 4년 동안 전 세계를 돌아다니다가 마침내 하와이 빅 아일랜드에 머무릅니다. 지금껏 다녀본 곳 중에서 가장 좋았기 때문이지만 계속 머무를지 떠날지는 모른다고 하였습니다. 이상향이 눈앞에 나타날 때까지 길은 끝나지 않기 때문입니다.

저는 왜 여기에 앉아 있는지, 왜 떠나려고 하는지 돌이켜 보았습니다. 길 때문인지 정착 때문인지 잘 모르겠습니다. 문득 공항에도 광화문 교보빌딩처럼 뭔가 써 붙여두면 좋겠다는 생각이 들었습니다. 일본 만화가 데즈카 오사무의 히어로 블랙잭이 한 말—"몇 번 말해야 알겠어? 과거는 바뀌지 않아. 포기해. 그렇지만 말이야. 미래는 얼마든지 바꿀 수 있어"— 이 출국 수속 창구 위에 붙어 있으면 떠나는 사람들에게 큰 격려가 되지 않을까 싶었습니다. 승무원은 이제부터 곧 탑승이 시작된다고 알렸고 저도 서둘러 가방을 챙겨 줄을 섰습니다.

비 즈 니 스 석 ,
맞 지 않 는 옷
■■■

한번은 자카르타에서 서울로 돌아오려고 게이트 앞에서 탑승
을 기다렸습니다. 항공사 관계자가 제 이름을 불러서 가봤더
니 발권하면서 같은 자리에 두 사람을 배정했다고 하였습니
다. 실수를 인정하며 대신 다른 자리로 옮겨드려도 괜찮겠느
냐고 물었습니다. 마지못해 좋다고 하니까 승무원은 비즈니
스석으로 안내해주었습니다. 마음속으로는 이게 웬 떡이냐
하며 자리에 앉으니 기내의 한 승무원이 환한 미소를 지으며
탑승하느라 애썼다며 오렌지 주스를 건네주었습니다. 앞뒤
사람 눈치 보지 않고 의자를 쭉 펼 수 있었고 두 자리씩 붙어
있어 어느 쪽에 앉아도 바로 복도로 편히 나갈 수 있었습니
다. 화장실 갈 때마다 옆 사람 무릎에 엉덩이를 스치며 나갈
필요가 없었습니다. 한껏 우아하게 안전벨트를 매고 주위를
둘러보았습니다. 일찌감치 자리에 앉아 있는 '진짜 비즈니스
석 사람들'은 운 좋게 한 자리 차지한 저를 힐끗 쳐다보았습
니다. 크게 개의치 않았지만 눈빛에 가벼운 조소가 잠깐 스쳤
습니다. 이내 맞지 않는 옷이 흘러내리듯 불편해졌습니다. 결
국 이코노미석에 앉은 동료랑 같이 가겠다는 핑계로 자리를
다시 바꿨습니다. 행운인 줄 알았지만 제가 얼마나 속물인지
확인하게 되어서 부끄러웠습니다. 역시 내 돈 들인 만큼 즐기
는 게 가장 마음 편합니다. 자리는 좁았지만 홀가분한 마음으

로 푹 잤습니다.

기 내 식 , 속 임 수

비행기는 허공에 떠 있는 시간의 95퍼센트는 진로에서 벗어나기 때문에 조종사는 목적지에 도달하기 위해 끊임없이 진로를 바로잡아야 한다는 것이다.

_바바라 애버크롬비, 『인생을 글로 치유하는 법』
(박아람 옮김, 책읽는수요일, 2013)

봉준호 감독은 프랑스 잡지와 한 인터뷰에서 자신의 작품 세계를 '삑사리'의 미학이라고 소개하였습니다. 초고부터 완벽하게 쓰는 작가는 한 명도 없습니다. 또한 처음부터 제 글이 위대해 보이는 작가도 없습니다. 미국의 저명한 평론가 수전 손택도 처음 쓴 원고를 볼 때면 허튼소리처럼 느껴진다고 고백하였습니다. 인간이 계획을 치밀하게 세울 때마다 신은 웃음을 터뜨린다고도 합니다. 그런데 비행기는 봉 감독의 미학을 그대로 담은 듯 있는 그대로 '삑사리'를 받아들이며 끊임없이 진로를 수정합니다. '계획을 세우는 데 온통 힘을 써봐야 네 인생의 5퍼센트밖에 도움이 안 되거든. 그러니 범퍼카처럼 살아. 벗어나면 그때 바로잡아도 늦지 않아. 아니 그 방법밖에 없거든.'

비행의 기술은 교훈을 주는데다가 초현실적이기도 합니다. 'Welcome to Our Restaurant above the Clouds.' 기내식 메뉴에 쓰인 문장만큼 기막힌 맛은 아니지만 하늘 위에서 하는 식사는 늘 설렙니다. 좁은 좌석에 붙어 한 끼를 먹는 동안에 대략 400~500킬로미터 이상 날아간다고 합니다. 퍼스트 클래스부터 이코노미까지 승객들은 모두 슈퍼맨이 됩니다.

저녁 기내식이 나오고 쟁반이 치워진 지 네 시간밖에 지나지 않아서 아침 기내식이 나온다. 승객의 몸을 속여서 하룻

밤이 지나간 듯이 느끼게 하려는, 즉 충분하지 않은 선잠이 실제로 밤에 푹 잔 잠이며 이제 휴식을 잘 취한 몸으로 오믈렛을 먹을 수 있다고 생각하게 하려는 방책이다.

_데이비드 세다리스, 「너한테 꽃은 나 하나로 족하지 않아?」
(조동섭 옮김, 학고재, 2011)

비행 중 버티기

함께 떠나도 기내에서는 모두 혼자가 됩니다. 원하든 원치 않든 헤드폰을 끼는 순간부터 나만의 시간을 가질 수밖에 없습니다. 그래서 영화에 더욱 빠져듭니다. 혼자 보는 영화는 책 읽기와 닮았습니다. 책은 결코 같이 읽을 수 없기 때문입니다. 하지만 영화를 보고 책을 읽어도 시간이 제멋대로 흘러가는 기내에서 꼼짝없이 열 시간 넘게 버티는 건 결코 쉽지 않습니다. 그럴 때마다 영화 「어나더 어스Another Earth」에서 여주인공이 했던 말을 떠올립니다.

그녀는 러시아 우주인 이야기를 해줍니다. 우주인은 지구 궤도를 도는 미르Mir호에 혼자 있었습니다. 그런데 우주선 안에서 숟가락으로 식탁을 두드리는 듯한 소리가 들려옵니다. 무려 25일이나 쉬지 않고 들려왔습니다. 우주선을 아무리 샅샅이 뒤지고 지상관제 센터에 물어봐도 도무지 원인을 찾을 수 없었습니다. 소리를 없앨 도리가 없으니 더욱 미칠 지경에 이릅니다. 그런데 그녀는 색다른 방법을 시도해봅니다. 그 소리를 사랑하기로 한 겁니다. 그러자 더 이상 소리가 들리지 않게 되더랍니다. 미르호에 홀로 남은 우주인을 상상하면 웅웅대는 엔진소리와 건조한 공기, 옴짝달싹할 수 없는 작은 의자, 짜기만 한 기내식과 색색거리며 자는 옆 사람의 숨소리까지 그저 받아들이게 됩니다. 그러면 영화나 책 보기, 그리고 그림 그리기에 다시 빠지며 기내에 있다는 사실마저 잊게 됩니다.

　물론 처음에는 저도 기내에서 시원한 캔맥주만 홀짝거려도 신났습니다. 하지만 타는 횟수가 늘어날수록 비행기는 여행을 위한 수단, '탈 것'이 될 뿐이었습니다. 자잘한 재미로 가득했던 기내였지만 언제부터인가 시간을 '죽이며' 어쩔 수 없이 견디고 있습니다. 중저음으로 울리는 엔진소리도 견딜 수 없었습니다. 그래서 귀마개를 끼었습니다. 한번 껴보니 다음부터 귀마개 없이는 도저히 탈 수 없었습니다. 그 뒤로 귀마개를 낀 채로 헤드폰을 썼습니다. 뉴욕에 갔을 때 아예 엔진 소리를 없애준다는 보스 노이즈캔슬링 헤드폰을 샀습니다. 원리는 간단했습니다. 헤드폰 속에 배터리를 넣어 엔진 소리와 반대되는 음파를 발생시켜 엔진 소리를 지웠습니다. 처음에

는 소음을 없애주는 소음 탓에 고막이 살짝 눌리는 기분이 들었습니다. 하지만 엔진 소리는 확실하게 지워주었습니다. 이제는 귀마개만으로도 안 되고 '반드시' 헤드폰을 챙겨야 비행기를 탈 수 있습니다. 그래서 여행 준비 목록에 여권 다음으로 헤드폰을 적어둡니다. 행여 기내에서 배터리가 떨어질까 봐 예비 배터리까지 꼭 챙겨갑니다.

다시 공항으로

같은 비행기를 타도 누구는 떠나고 누구는 집으로 돌아갑니다. 얼굴이나 차림새만 봐도 어떤 사람인지 그 사람의 시간은 또 어떻게 흘러가는지 짐작할 수 있습니다. 어째 돌아가는 길이 더 멀게 느껴집니다. 기내식을 먹고 음료를 마시고 라면을 먹어도 시간은 좀처럼 꿈쩍도 하지 않습니다.

　게다가 미국을 경유한다면 그 시간은 악몽으로 변합니다. 부에노스아이레스를 떠나 댈러스 공항에서 환승하여 서울로 돌아오는 길이었습니다. 미국은 환승마저 까다로웠습니다. 마치 엄격하지만 사생활에 문제가 있는 선생님처럼 굴었습니다. 갈아타는데도 세관 신고를 다시 해야 하고 소지품 수색도 모자라 전신 스캔과 지문 스캔을 하였습니다. 이렇게 하면서 그들은 '우리'의 우선 사항은 '당신'의 안전이라고 거듭 반복하였습니다. 하지만 겪어보면 금세 알 수 있습니다. 그들의 우선사

항은 자기들만의 안전이라는 것을 말이죠. 게다가 두려우면
의심이 많아지는 법입니다. 그래서 다음에 남미로 오거나 남
미에서 서울로 돌아갈 때는 시간이 걸리더라도 유럽이나 중동
으로 경유하자고 다짐했습니다.

　인천공항에 내려 도착문을 지날 때마다 뒤돌아보게 됩니
다. 나갈 때는 자동으로 열리지만 한 번 나가면 다시 열리지
않습니다. 도착문은 과묵한 원칙주의자입니다. 도착문 앞에는
이름을 쓴 팻말을 든 사람들의 애타는 눈빛이 기다리고 있습
니다. 그래서 이 문을 지나면서 잠깐이나마 팻말과 눈빛들의
주인공이 되는 것만 같습니다. 공항철도를 타고 디지털 미디
어 시티역에서 내립니다. 출구를 나와 택시를 잡고 커다란 트

렁크를 뒷자리에 싣습니다. '구산동'으로 가자고 할 때마다 기사들은 왠지 맥이 풀린 듯 보입니다. 인천공항으로 갈 줄 알고 오늘 괜찮네라며 설렜을 텐데 기대를 저버린 것 같아 괜히 미안해집니다. 창밖으로 익숙한 거리가 보이고 역촌역 공항버스 정류장을 스쳐갑니다. 다시 공항버스 타고 떠날 날을 기대하면서 '집에 가자마자 얼른 신라면부터 끓여먹어야지'라며 입맛을 다십니다.

'좋았던 그때'는
지금이 만드는 거지

「가디언즈 오브 갤럭시」 사운드 트랙Guardians of the Galaxy OST
로스 빅토리어스Los Victorious 외, 『라틴 무드 디럭스Latin Mood Deluxe』
빛과소금, 「언플러그드 뮤직Unplugged Music』

영화 「가디언즈 오브 갤럭시」의 원작 그래픽 노블이 어떤지 모르겠지만 영화는 '죽이는' 팝송과 카세트테이프, 그리고 워크맨에 바치는 송가에 가깝습니다. 주인공인 스타로드(크리스 프랫분)는 은하계를 넘나들며 조금 모자란 듯한 외계인들과 함께 우주의 악당들을 물리치는 영웅이지만 어릴 때 닳도록 듣던 카세트테이프는 결코 버리지 못합니다. 예술 작품은 결국 내 이야기에서 나온다는데 어쩌면 감독 역시 주인공처럼 어릴 때 팝송을 듣고 또 들으며 자신만의 감수성을 키우지 않았을까 싶습니다. 마빈 게이와 태미 테렐이 함께 부른 「에인트 노 마운틴 하이Ain't No Mountain High」, 블루스웨이드의 「훅트 온 어 필링Hooked on a Feeling」을 들으면 저도 모르게 '그땐 좋았지'라고 중얼거리게 됩니다. 어쩌면 '좋았던 그때'란 그저 달콤한 팝송과 함께 보았던 영화 몇 편 그리고 이상하리만큼 열심히 읽었던 소설 몇 권이 전부일지 모릅니다. 고향이 없어도 향수를 느낄 수 있듯이 과거의 기억이 얇아도 그

Ain't No
Mountain High

때는 충분히 달콤할 수 있습니다.

어쩌다 30년 가까이 살게 된 구산동에 최근 작업실(을 빙자한 놀이터)을 마련하였습니다. 공간을 얻고 어떻게 꾸밀까 고민했지만 한 가지는 확실했습니다. '천장에 미러볼을 단다.' 한 달여 공사 끝에 작업실은 완성되었고 '믿는구석'이라는 이름을 붙였습니다. 선반에는 오토모 가쓰히로의 『아키라』 전집과 그레이구스 보드카가 나란히 놓여 있습니다. 빨간 블루투스 스피커 옆에는 티볼리 오디오가 있으며 그 옆에는 대학생 때 처음으로 산 앰프가 놓여 있습니다. 그리고 빛과소금 언플러그드 LP 앨범이 턴테이블 위에서 돌아갑니다. 밤에는 미러볼이 돌아가며 길 건너 한가위세탁소까지 반짝반짝 비춥니다. 친구들이 놀러 오면 오늘은 어떤 끝내주는 모음곡으로 심금을 울릴지 고민하면서 LP와 CD를 미리 골라둡니다. 믿는구석에 없는 곡들은 미리 스트리밍 리스트를 뽑아둡니다. 그러곤 미러볼 불빛 아래서 맥주를 홀짝거리며 수다를 떱니다. 분위기가 무르익으면 제가 태어나기 전에 아버지가 샀던 1960년대 『라틴 무드 디럭스』 LP를 슬며시 턴테이블에 올립니다. 그러면 그때도 좋고 나중에 그때가 될 지금 역시 좋아집니다.

앞으로 긴 여행을 마치면 집보다 믿는구석부터 찾게 될 것 같습니다. 공항이 여행의 물리적인 시작과 끝이라면 믿는구석은 아마 정서적인 시작과 끝이 되지 않을까 싶습니다. 그렇다면 컴백 의식처럼 먹는 라면부터 갖다놔야 되겠네요.

Latin
mood
De luxe

LOS VICTORIOS

'좋았던 그때' 그 음악

누군가에게 선물이 될 『라틴 무드 디럭스』

아버지는 예상하셨을까. 이 앨범이 아들에게
남긴 거의 유일한 선물이 되리란 걸 말이죠.
1967년 일본 레이블 빅터에서 만든 앨범인데 당시 가격으
로 무려(?) 1,500엔이었답니다. 표지에는 깜짝 놀랄 만한 미
인이 있는데 지금 봐도 촌스럽지 않습니다. 「마스 체 나다Mas
Che Nada」 「플라이 미 투 더 문Fly Me to the Moon」 「마리아 엘레
나Maria Elena」 「더 걸 프롬 이파네마The Girl from Ipanema」 「데사
피나도Desafinado」 등 수록된 곡들도 풍성합니다. 듣고 있으면
「캡틴 아메리카-윈터 솔저」에서 캡틴 아메리카의 대사가 떠
오릅니다. "옛날에는 엘리베이터에서 음악이 흘러나왔죠." 아
버지가 산 앨범을 들여다보면서 지금 갖고 있는 물건이 나중
에 누구에게 또 어떤 선물이 될지 궁금해집니다.

빛과소금 + 어쿠스틱

MTV에서 언플러그드가 유행한 적이 있었습니
다. 에릭 클랩턴도 맥스웰도 로드 스튜어드도 모
두 어쿠스틱 악기에 맞춰 노래를 불렀습니다. 우리나라에서도
빛과소금이 『언플러그드 뮤직』이라는 앨범을 발 빠르게 만들었
습니다. 「샴푸의 요정」 「그대에게 띄우는 편지」 「머물고 싶은 순
간」 등 찬란했던 1990년대 가요를 만끽할 수 있습니다. 빛과소
금 버전의 「안토니오스 송Antonio's Song」은 덤입니다.

넷.
자연.

또 다른
빛과 색을 찾아서.

낯 선   곳 에   가 니
필 요 한   게   보 여

━━

서울에서 멀어질수록, 낯선 땅에 가까워질수록 서울에서는
필요없던 것들이 필요해집니다. 가장 먼저 수동 변속기를 다
루는 기술과 별다른 장비 없이 물에 뜨는 기술이 필요합니
다. 에스토니아의 수도 탈린은 크지 않은데다가 대중교통도
잘 갖춰져 있어서 굳이 차를 빌리지 않아도 되었지만 아스팔
트가 아닌 돌로 된 차도를 오래된 푸조나 시트로앵을 타고 달
려보고 싶었습니다. 그래서 차를 빌리러 갔더니 모두 수동 변
속기뿐이었습니다. 시내버스까지 자동 변속기가 달린 서울
에서 사는 사람으로서 당황할 수밖에 없었습니다. 그림의 떡
이나 다를 바 없었습니다. 여러 군데를 돌아보았지만 마찬가
지였습니다. 에스토니아어를 할 줄 아느냐 못 하느냐는 되레
큰 문제가 되지 않았습니다. 그곳에서는 능숙하게 클러치와
브레이크를 번갈아 밟으며 언덕을 매끄럽게 오를 수 있느냐
가 중요했습니다. 하루키의 말마따나 따뜻한 나이프로 버터

를 자르듯 변속기를 부드럽게 다룰 수 있으면 좋겠다는 생각
이 절로 들었습니다. 할 수 없이 자동 변속기가 딸린 일제 고
급 자동차를 빌렸습니다. 고풍스러운 도로를 일제 세단을 타
고 달리니 어째 제맛이 나질 않았습니다. 차가 무슨 잘못을
한 건 아닌데도 말이죠.

아르헨티나에서도 비슷한 경험을 하였습니다. 아르헨티
나에서도 두메로 손꼽히는 파타고니아에 가려면 먼저 엘 칼라
파테El Calafate로 가야 했습니다. 부에노스아이레스에서 비행
기로 세 시간 반이 걸렸습니다. 과연 세계에서 여덟 번째로 큰
나라다웠습니다. 위도를 거슬러 남쪽으로 내려갈수록 바람은
거세지고 사람은 드물었습니다.

칼라파테에서는 빙하 국립공원과 엘 찰텐El Chalten으로 갈
수 있었습니다. 엘 찰텐은 남부 파타고니아의 숨은 보석으로
주민이 채 1,000명도 안 된다고 합니다. 칼라파테에서 200킬
로미터 정도 떨어져 있어 차를 빌려야 했는데 여기에도 수동
변속기뿐이었고 자동 변속기 차는 아예 없었습니다. 하는 수
없이 수동 변속기가 달린 차를 살타에 사는 친구가 대신 운전

했습니다. 네 시간 가까이 달려 엘 찰텐에 도착했습니다. 휴대전화는 되지 않고 주유소도 한 개밖에 없었습니다. 게다가 오전만 문을 열었습니다. 거대한 고구마를 여러 개 박아놓은 듯한 피츠로이 산Mount Fitz Roy은 햇살을 받아 붉게 타올랐습니다. 거센 바람에 산봉우리에 쌓인 눈이 날리니 마치 산이 불타는 것처럼 보였습니다. 엘 찰텐이란 '연기를 뿜는 산'이라는 뜻으로 이런 이름을 붙여준 원주민도 같은 풍경을 보았나 봅니다. 마을과 카프리 호수까지 둘러본 뒤 밤이 되어서야 다시 칼라파테로 돌아왔습니다. 친구는 몹시 피곤해 보였지만 다시 운전대를 잡았습니다. 길은 무척 단조로워 200킬로미터를 달리는 동안 딱 두 번 우회전을 했을 뿐이었습니다. 가로등도 없이 황무지 사이로 난 길을 전조등 하나에 의지한 채 달렸습니다. 눈 덮인 피츠로이 산은 창문 뒤로 가득 펼쳐져 달빛 아래 빛나며 조금씩 지평선 너머로 작아졌습니다. 친구는 깜빡깜빡 졸았고 가끔 중앙선을 넘기도 했습니다. 오가는 차가 거의 없었길 망정이지 무척 아찔했습니다. 하지만 달리 방법이 없었습니다. 전 그저 안전벨트를 빡빡하게 당긴 채 뻣뻣해진 친구의 뒷목만 부지런히 주물러주었습니다.

『우아하게 가난해지는 법』을 쓴 알렉산더 폰 쇤부르크는 자동차를 이동 수단이 아닌 특별한 향락 수단으로 바라보라고 조언하였습니다. "레트루스나 슈발 블랑 와인을 날마다 마시지 않듯이 자동차도 가끔 그리고 의식적으로 타야 하네. 그것도 인적 없는 해변 도로나 산악 도로에서 말일세." 그의 말마따나 다음에는 여동생한테 수동 변속기가 딸린 마티즈를 빌려 서오릉까지 왔다 갔다 해보려고 합니다. 동생은 면허를 딴 뒤로 줄곧 수동 변속기만 고집하였습니다. 기름도 적게 먹고 무엇보다 '재미있기 때문'이라고 하였습니다. 아르헨티나 친구는 다음엔 살타에서 출발해 볼리비아를 거쳐 페루까지 캠핑카를 달고 가보자고 하였습니다. 조건은 물론 단 한 가지뿐이었습니다.

가볍게 온 몸을
바닷속으로

—

수영을 아예 못 하지는 않지만 바다에 발이 닿지 않으면 덜컥 겁이 납니다. 그래서 키보다 깊은 물에서 얼굴을 내놓고 가만히 떠 있는 친구들을 보면 몹시 존경스럽습니다. 뉴칼레도니아 일데팡의 천연수영장(바닷물이 넘쳐 들어와 풀장처럼 물이 고인 곳이라서 이렇게 부릅니다) 오로, 퀸즐랜드 그레이트 배리어 리프의 산호초에서 구명조끼 없이 노니는 모습을 볼 때마다 '나도 물속을 3차원으로 다니고 싶다'며 부러워했습니다. 수영에 자신이 없다면 구명조끼를 입어야 합니다. 하지만 조끼를 입으면 강한 부력으로 막무가내로 떠오르고 몸도 무거워집니다. 결국 앞뒤로 갈 수밖에 없습니다. 그래서인지 물속에서 돌고래처럼 가볍게 미끄러지는 꿈을 자주 꿉니다.

몇 달 전에야 비로소 처음으로 스노클링 장비만 갖추고 구
명조끼 없이 수영하였습니다. 적도의 섬 순다열도를 여행하며
플로레스 섬의 항구인 라부안바조에 둘러 배를 빌렸습니다.
2박 3일 동안 배에서 먹고 자면서 코모도Comodo 섬과 린카Rinca
섬을 둘러보았습니다.

적도의 정오는 그림자까지 삼켜버렸습니다. 선장은 코모
도 섬 가까이 배를 댄 뒤 해변 멀찍이 닻을 내렸습니다. 해변
가까이 몰려 있는 산호를 보호하기 위해서였습니다. 산호가
루가 모래처럼 덮인 해변은 온통 분홍이었습니다. 하얀 산호
가루 사이에 붉은 가루가 섞여 분홍으로 보이는 것이었습니
다. 곧장 스노클을 차고 2층에서 바다로 뛰어내렸습니다. 물
은 맑았고 산호는 영화「스티브 지소의 해저 생활」속 한 장면
처럼 지나치게 알록달록했습니다. 어른 손바닥만 한 전갱이들
이 눈앞에서 수백 마리씩 무리 지어 다녔습니다. 스노클을 물
고 있었지만 "우와, 우와!" 감탄사가 절로 튀어나왔습니다. 하
지만 구명조끼 때문에 재빨리 나갈 수 없었습니다. '물에는 뜨

니까 괜찮아. 물안경과 스노클까지 차고 있잖아. 안 되면 발이 닿은 데까지 되돌아가면 돼.' 구명조끼를 벗고 다시 뛰어들었습니다. 발이 닿은 곳은 하얀 산호가루만 깔려 있었고 산호가루 너머 산호 숲이 보였습니다. 산호 숲으로 다가갈수록 물은 깊어졌습니다. 3, 4미터 깊이에 이르자 산호가 가득했습니다. 구명조끼가 없으니 훨씬 가뿐했습니다. 숨을 참고 잠수도 해보았습니다. 숨이 차면 힘을 뺐습니다. 그러면 몸은 다시 가볍게 떠올랐고 스노클을 힘껏 불어 물을 빼냈습니다. 현진영의 뮤직비디오 「요람」의 마지막 장면처럼 물속을 노닐었습니다. '서울에 가면 올림피아 수영장에 다녀야지. 다음에는 물안경과 스노클 없이 해볼 거야'라고 단단히 마음먹었습니다.

여 행 자 의
빛 과 색
▬

압도적인 풍광을 만나면 반사적으로 셔터를 누릅니다. 하지만 집에 돌아가 모니터로 보면 그때 보았던 장관은 온데간데없이 사라져 실망하기 일쑤입니다. 태양 아래 모든 것들은 각기 다른 빛줄기를 반사합니다. 습도와 온도, 계절에 따라 빛은 미묘하게 달라집니다. 반사된 빛이 눈으로 들어와 뇌가 인식할 때 비로소 '색'이 됩니다. 아직까지 사람의 눈처럼 해상도가 높거나 정교한 기능을 따라잡는 기술은 개발되지 못했고, 또 같은 색이라도 사람마다 달라 보인다고 합니다.

128

색은 문화에 따라서도 달라집니다. 아직까지는 색의 3원소와 빛의 3원소를 조합하여 인쇄하거나 영상을 만듭니다. 하지만 이런 조합이 원래의 빛과 색을 대체할 수는 없습니다. 그래서 색의 역사를 다룬 책『브라이트 어스』에서는 이런 노력을 '피아노, 플루트, 튜바에서 나오는 음조를 각기 다른 비율로 혼합하여 트럼펫 소리를 복제하려는 시도'와 같다고 설명하였습니다. 이렇게 복잡한 빛과 색의 향연을 재현하기란 쉽지 않습니다. 어쩌면 영원히 불가능할지도 모릅니다.

많은 화가들은 제대로 된 빛과 색을 찾아 길을 나섰습니다. 클레는 튀니지에서 환상적인 색채를 만났고 반 고흐는 프랑스 남부의 햇빛 아래 생을 마쳤습니다. 모네는 자신을 화가 겸 정원사라 부르며 파리 근교 지베르니에서 연못과 정원을 손수 돌보았습니다. 같은 풍경이라도 화가에 따라 그리는 방법이 다릅니다. 또한 같은 작품이라도 시간에 따라 변합니다. 색도 나이를 먹기 때문입니다.

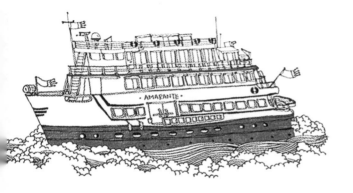

룩소르는 카이로에서 비행기로 한 시간 거리에 있습니다. 룩소르에서 나일 강을 따라 늘어선 신전들을 둘러보려고 나일 크루즈를 탔습니다. 한 번에 200명이 탈 수 있는 배는 물 위에 뜬 네모반듯한 건물처럼 보였습니다. 나흘간 룩소르에서 아스완까지 갔습니다. 햇살이 덜 뜨거운 오전에 신전을 둘러보고 오후에는 시원한 배 안에 머물며 맥주를 홀짝거리거나 수다를 떨면서 느긋하게 보냈습니다. 밤이 되면 다음 장소로 천천히 움직였습니다. 하트셉수트 신전부터 카르나크, 룩소르 그리고 에드푸 신전까지 둘러보았습니다.

카르나크 신전에 남아 있는 134개의 거대한 기둥들 사이를 거닐면서 기둥 꼭대기에 아직 남아 있는 화려한 색의 흔적도 확인했습니다. 고개를 젖혀 오랫동안 바라보았습니다. 그리고 막 붓질을 끝내고 난 뒤 신전의 모습은 어땠을지 상상해보았습니다. 화려하게 채색된 커다란 신들은 멀리 나일 강에서도 보였을 테고 요즘으로 치면 초고층 빌딩이나 3D 아이맥스 극장처럼 최고의 볼거리였을 겁니다. 4,000년쯤 지나 색은 바래고 돌만 남았지만 폐허는 상상을 자극했습니다.

이집트 신전을 사막 색으로 알고 있듯, 빅토리아 시대 중반까지만 해도 그리스 신전을 원래 하얗다고 생각해 '백색의 문명'이라고 불렀습니다. 하지만 최근 다큐멘터리에서 파르테논 신전을 컴퓨터 그래픽으로 '그때 그 모습' 그대로 복원하였는데 유치하다 싶을 만큼 알록달록하였습니다. 2012년 가을 아테네에 들렀을 때 그리스 정부는 신전을 보존한다며 파르테논 주위에 비계를 세우고 대리석에 묻은 때를 벗겨내고 있었습니다. 적어도 50년 이상 걸린다고 했지만 왠지 영원히 끝나지 않을 듯 보였습니다.

유적을 즐기는 데 꼭 지식이 필요하지는 않다. 그 자리에서 잠자코 잠시 앉아 있기만 하면 된다. 중요한 것은 '잠자코'와 '잠시'이다. 가능하다면 두 시간쯤 잠자코 앉아 있는 것이 좋다. 그러면 2천 년, 혹은 3천 년, 4천 년이라는 까마득한 시간이 눈앞에 굴러다니는 것이 보인다. 추상적인 시간이 아니라 구체적인 시간으로 보이게 될 것이다.

_다치바나 다카시, 『에게, 영원회귀의 바다』(이규원 옮김, 청어람미디어, 2006)

피카소는 우리 시대 모든 위대한 화가들이 좋아하는 색으로 깃발을 만들면 마티스의 작품이 될 거라고 하였습니다. 세상엔 아직 보지 못한 빛과 색으로 넘쳐납니다. 저 역시 피카소처럼 보고 마티스처럼 그리고 싶습니다. 그림을 막 시작한 친구들은 잘 그리려면 어떻게 해야 하느냐고 물어봅니다. 그때마다 "엉덩이부터 무거워야 한다"라고 충고해줍니다. 제 경우 일러스트레이터로 먹고살게 되니까 그림은 일이 되었습니다. 스타일이 생겼고 몇 가지 색만 쓰게 되었습니다. 더 이상 새로운 게 없으니 '뻔한 그림'이 되고 말았습니다. 엉덩이가 너무 무거워졌는지 초심으로 돌아가기는커녕 조금만 들썩여도 진이 빠졌습니다.

이제는 틈만 나면 애써 붓과 펜을 던지고 새로운 걸 보려고 길을 나섭니다. 이렇게 뱅뱅거리다가 다시 엉덩이 딱 붙이고 앉아 그릴 수 있을까 불안하기도 합니다. 하지만 아인슈타인도 호수에서 노를 저으며 상대성 이론을 떠올렸습니다. 두 뇌는 예민해서 오래 긴장하지 못합니다. 풀어줘야 바짝 죌 수도 있습니다. 느슨하게 내버려두면 오히려 생각지도 못한 들판에서 아이디어를 뜯어 먹기도 합니다. 뇌라는 녀석한테는 '아무 생각 없음'이 가장 큰 영양제가 되기도 합니다. 생각을 버리고 길을 나서니 빛과 색은 다시 낯설고 새로웠습니다.

습하고 거대한 초록,
이 구 아 수

'커다란 물'을 뜻하는 이구아수는 나이아가라 폭포, 빅토리아 폭포와 함께 세계 3대 폭포로 꼽힙니다. 275개의 크고 작은 폭포로 이루어져 있는데 가장 높은 폭포는 80미터에 이릅니다. 이구아수는 한때 파라과이 땅이기도 했지만 19세기 아르헨티나, 브라질, 우루과이와의 전쟁에서 져서 빼앗겼습니다. 지금은 아르헨티나와 브라질이 나란히 차지하고 있습니다.

이구아수의 원래 주인은 과라니Guarani('숲 속의 사람들'이라는 뜻입니다)족이었지만 스페인이 침략한 뒤로 모든 게 바뀌었습니다. 영화「미션」에서 보듯 스페인과 포르투갈 사이에 끼어 자신들의 땅에서 노예가 되고 죽임을 당했습니다. 요즘

에는 나무를 깎아 만든 뚜깐(새)이나 재규어 같은 기념품을 팔아 근근이 살아갑니다.

폭포에 가기 전에 '자시 포랑Jasy Porã' ('아름다운 보름달'이라는 뜻입니다) 마을에 들렀습니다. 마을 어귀에 원주민들이 탁자를 갖다놓고 기념품을 팔고 있었습니다. 목걸이가 눈에 띄어 자세히 보니 말린 씨앗을 꿰어 만든 것이었습니다. 돌처럼 단단한 씨앗은 하얗게 반들거렸습니다. '라그리마 데 마리아 lágrima de Maria'. 우리말로 '성모의 눈물'이었습니다. 눈물로 만든 목걸이 줄에는 나무줄기로 엮은 예수 십자가가 달려 있었습니다. 마을로 들어가는 길에 놓인 팻말에는 'Para Vivir En La Selva Debe Aprender'라고 쓰여 있었습니다. '숲 속에서 살아가기 위해서는 배워야 한다'는 뜻이었습니다. 성모의 눈물을 목에 걸고 폭포로 향했습니다.

이구아수를 제대로 보려면 브라질과 아르헨티나 모두 가봐야 합니다. 브라질 이구아수를 망원경으로 본다면 아르헨티나는 현미경으로 보는 셈입니다. 브라질에 가니 아르헨티나

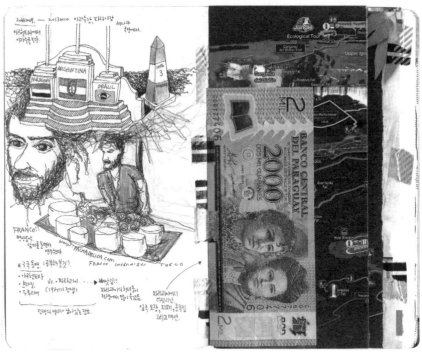

쪽 이구아수가 한눈에 다 들어왔습니다. 공원 입구에서 전망대까지 멀지 않아서 짧고 굵게 보길 원하는 관광객들이 많았습니다. 반면 아르헨티나에서는 물길이 어떻게 이뤄지고 폭포가 어떻게 만들어지는지 길을 따라가며 꼼꼼히 볼 수 있었습니다. 한참을 걸어 이구아수의 심장인 '악마의 목구멍'에 다다랐습니다. 폭포는 목젖이 보일 만큼 가까웠고 옆 사람 말이 잘 들리지 않을 정도로 그르릉대며 떨어졌습니다. 이구아수는 한마디로 폭포의 원형이었습니다. '폭포'라고 했을 때 머릿속에 떠오르는 이미지 그 자체였습니다. 생각한 대로 물이 쏟아졌고 상상한 대로 소리가 들렸습니다. 와보기도 전에 이미 만난 셈이었습니다. 이구아수는 습기를 잔뜩 먹은 열대의 초록이자 거대한 물 덕택에 살아 있는 힘찬 초록이었습니다.

별들의 유령이 반짝이는,
플 로 레 스 의   밤

━━

발리에서 동쪽으로 떨어진 적도의 섬 플로레스, 그리고 이곳의 관문인 라부안바조는 여전히 시골이었습니다. 그대로 남느냐 아니면 어설프게나마 도시가 되느냐. 이곳은 후자에 가까웠습니다. 양철 지붕 공항 옆에 유선형으로 휜 철골과 유리로 덮은 신공항이 세워지고 있었습니다. 하지만 아직까지는 비행기에서 짐을 내리면 직원들이 수레로 공항 로비까지 끌어다 놓았습니다. 컨베이어 벨트는 아예 없었고 쌓아둔 짐 앞에서 부지런히 짐표를 흔들면 그제야 속이 터질 만큼 천천히 찾아주었습니다. 공항에서 자동차로 5분 남짓 달리니 항구가 한눈에 내려다보였습니다. '여기는 몇십 년 전 통영이구나'라 는 생각이 들었습니다. 녹슨 양철 지붕으로 덮인 집들, 먼지 날리는 흙길, 굴러다니는 과자 봉투 그리고 저 멀리 촘촘하게 박힌 섬들까지 고향인 통영의 옛 모습을 쏙 빼닮았습니다.

앞에서도 잠깐 얘기했듯 라부안바조에서 배 한 척을 빌려 코모도와 린카 섬으로 향했습니다. 선원 넷이 이끄는 작은 나무배였습니다. 선원들은 조용하지만 부지런했습니다. 키를 잡고 바닷물을 길어 갑판을 청소하고 조금 한가하다 싶으면 커피를 마시겠느냐고 물었습니다. 덕분에 제때 섬에 도착하였고 제때 밥을 먹었습니다. 넷 중에 누가 요리사인지 알 순 없었지만 무척 맛있었습니다.

해가 질 무렵 배를 항구에 대지 않고 섬과 섬 사이 바다에다 닻을 내렸습니다. 물 위에 커다란 브로콜리가 솟아오른 듯한 섬에는 사람이 살지 않고 박쥐들만 살았습니다. 붉은 석양과 함께 땅거미가 내리자 섬 한가운데서 조그마한 그림자가 펄럭거렸습니다. 이내 수백 개로 늘어나 하늘은 온통 검은 그림자로 뒤덮였습니다. 어둠이 내리면 섬 안에서 자던 박쥐들은 과일을 찾아 한꺼번에 다른 섬으로 날아갔습니다. 맞바람 탓인지 무척 힘겹게 날갯짓을 하였습니다. 머리 위로 수천 개의 배트맨 로고가 지나갔습니다. 가까이서 보니 어른 팔 길이가 될 만큼 커다란 녀석들이었습니다.

BAT ISLAND

까맣게 어두워진 밤바다 위에서 딱히 할 일은 없었습니다. 선장이 타준 커피를 홀짝거리며 재미로 던져둔 낚싯줄을 이따금 당겨보았습니다. 그러다 일찍 잠자리에 들었습니다. 하지만 배 아래 선실은 너무 더워 할 수 없이 갑판에다 자리를 깔고 누웠습니다. 선실보다는 시원했지만 습기 때문에 딱풀처럼 쩍쩍 달라붙었습니다. '끈끈하면서 춥다'는 묘한 느낌에 시달려 쉽게 잠들 수 없었습니다. 뽀송뽀송할 수만 있다면 집채만 한 실리카겔 봉투에 깔려 마른 김이 되어도 좋았습니다. 레오나르도 다 빈치는 잘 보낸 하루가 행복한 잠을 가져오듯이 잘보낸 삶은 행복한 죽음을 가져온다고 하였습니다. 프로이트는 부지런히 일하며 살아온 당연한 결과로 지쳤고 그래서 쉬는 것이 공평하다고 생각하며 죽음을 맞이하였습니다. 이런 생각을 하다가도 이대로 끈끈하게 죽을 수는 없다며 벌떡 깨었습니다. 자다 깨다 자다 뒤척이다 보니 어느새 자정이 넘었고 점퍼를 입을까 아니면 그냥 덮을까 고민하며 멀뚱멀뚱 밤하늘을 올려다보았습니다.

남반구라서 그런지 은하수 모양도 달랐습니다. 마치 무지개처럼 하늘을 동그랗게 가로지르고 있었습니다. 눈에 보이는 별들은 모두 과거에서 온 빛입니다. 어쩌면 이미 죽어버렸을지도 모릅니다. 밤하늘은 별들의 유령이 반짝거리는 죽음의 무도회장인 셈입니다. 때늦게 박쥐 몇 마리가 부랴부랴 섬으로 날아갔습니다. 별은 조금씩 하늘을 돌고 있었고 활짝 열어둔 조리개 속으로 흔적을 남겼습니다. 이런 유령이라면 별로 무섭지 않았습니다. 옷을 입기로 하고 팔짱을 바짝 당겨 두 손을 겨드랑이에 꽉 낀 채 다시 잠을 청했습니다. 『밤 끝으로의 여행』에서 읽은 "거대한 밤의 한구석에 특별히 나를 위해 마련해놓은 작은 밤 같았다"라는 말이 무슨 뜻인지 알 것 같았습니다. 밤이 깊어질수록 적도의 밤하늘은 더욱 검게 빛났습니다.

하양, 파판다얀이 내뱉는 뜨거운 입김 속으로

하늘에서 내려다본 자바 섬에서는 파란 양철 지붕이 가장 아름답게 반짝거렸습니다. 자카르타에 도착해서 곧바로 가룻Garut마을로 달렸습니다. 파판다얀Papandayan 화산에 오르기 위해서였습니다. 1772년에 파판다얀이 폭발해 3,000명 가까이 죽었습니다. 2002년에 또다시 폭발해서 산꼭대기는 온데간데없이 사라지고 반경 10킬로미터까지 용암이 흘러나왔습니다. 활화산이라 언제 또 폭발할지 모릅니다.

가룻에서 트럭을 타고 한 시간을 달려 캠프에 도착하였습니다. 주말이라 많은 인도네시아 사람들이 올라와 돗자리를 깔고 밥을 먹거나 기타를 치며 노래하고 있었습니다. "이봐 정신 차려. 여긴 해발 2,000미터가 넘는 활화산이라구." 누가 이렇게 말해주지 않는다면 겉보기엔 흔한 유원지나 다를 바 없었습니다. 캠프 가이드인 안드리라는 친구는 이곳에서 20년 넘게 살았다고 합니다. 무섭지 않느냐고 물었더니 무섭지만

살기 좋아서 쉽사리 떠날 수 없다고 담담하게 대꾸했습니다. 고도가 높아 확실히 습도는 낮았고 몹시 선선했습니다. 땅도 비옥해서 감자나 토마토, 다른 채소들도 무척 잘 자랐습니다.

　다음 날 새벽 안드리와 함께 분화구로 트레킹을 나섰습니다. 한 시간 가까이 올라가니 빽빽하던 나무와 잡목 들이 갑자기 사라지고 바위와 거친 돌만 보였습니다. 바로 화산이 터진 자리였습니다. 산등성이는 통째로 날아갔고 푹 파인 분화구에는 파판다얀의 거친 속살이 훤히 드러났습니다. 바위는 유황이 많이 섞여서 그런지 어울리지 않는 색들만 골라 서툴게 칠한 것처럼 보였습니다. 땅은 뜨겁게 불타오르며 여기저기 하얀 연기를 뿜어댔습니다. 출발할 때만 해도 맑았는데 어느새 앞이 보이지 않을 정도로 안개 같은 구름이 짙게 깔렸습니다. 구름과 안개와 연기가 한데 뒤섞여 마치 화산이 이 뿌연 기운

을 부르는 것처럼 보였습니다. 분화구에 깊이 들어갈수록 연기는 훨씬 드세고 뜨거웠습니다. 순간 안경에 김이 서려 아무 것도 보이지 않았습니다. 게다가 시큼한 유황 냄새는 더욱 진하게 올라왔습니다. 혹시 발을 잘못 디뎌 연기를 내뿜는 구멍이라도 밟으면 어쩌나 싶었습니다. 한 발 한 발 조심스럽게 내딛다 보니 얼마 가지 않아 다시 앞이 보였습니다. 화산이 아직화가 덜 풀린 채로 발밑에서 씩씩거리고 있다고 생각하니 겁이 났습니다. 겁을 먹을수록 약해졌고 약해지니까 예민해졌습니다. 예민해지니 산도 사람도 달라 보였습니다.

하지만 안드리는 하루에도 몇 번씩 올라와서인지 아무렇지 않았습니다. 그렇다고 위험하지 않은 건 아니었습니다. 그저 익숙해진 것뿐이었습니다. 무슨 생각을 하는지 안드리는 씩 웃었습니다. 조금만 더 오르면 어마어마한 에델바이스 군

락을 볼 수 있다며 길을 재촉하였습니다.

분화구와 숲이 만나는 경계를 따라 올랐습니다. 한 시간을 더 걸었을까 수풀 사이로 뻥 뚫린 들판에는 사람 키를 조금 넘는 거대한 옅은 민트색 덩어리들이 군데군데 보였습니다. 가까이 가보니 에델바이스였습니다. 가느다랗고 뾰족한 잎들 사이로 가루처럼 꽃이 피었습니다. '고귀한 흰색'이라는 뜻의 에델바이스는 1,500미터 이상 고산지대에서 자라며 스위스의 국화國花, 알프스의 꽃으로 사랑받고 있습니다. 히틀러도 무척 좋아해서 제2차 세계대전 당시 나치 병사들의 옷깃에도 꽂혀 있었습니다. 하지만 전쟁이 끝날 무렵엔 나치에 대항하는 독일 레지스탕스의 상징이기도 했습니다. 파판다얀의 에델바이스는 인간의 역사나 화산 폭발과 상관없이 2,000년 전부터 지금까지 끄떡없이 피어났습니다. 거대한 에델바이스 군락으로 가득 찬 들판 너머 짙은 하얀색 연기가 로켓이 발사된 흔적처럼 새파란 하늘을 가로질렀습니다.

파 타 고 니 아   블 루 ,
모 레 노   빙 하

소설가 브루스 채트윈은 파타고니아를 토양과 살가죽을 벗겨낼 정도로 매서운 바람이 부는 곳으로 묘사하였습니다. 이곳을 파타고니아라고 처음 부른 사람은 마젤란이었습니다. 프랜시스 포드 코폴라의 영화 「테트로」에서 파타고니아 빙하는 꿈

처럼 반짝거렸습니다. 브루스 채트윈의 빰을 때린 바람, 세계 일주에 도전했던 마젤란, 그리고 「테트로」에서 본 흑백의 빙하가 파타고니아에 오기 전 나의 파타고니아였습니다. 그리고 직접 다녀온 뒤 파타고니아는 거대한 파랑이 되었습니다.

예부터 파랑은 신의 색깔이었습니다. 바다도 하늘도 파랑습니다. 자연에서 가장 흔한 색이지만 가지려고 하면 손가락 사이로 빠져나가 버립니다. 바닷물도 그릇에 담으면 투명해지고 하늘은 아예 담을 수조차 없습니다. 하늘빛을 재현하려는 욕구는 강해질 수밖에 없었습니다. 아프가니스탄에서 나는 청금석으로 만든 울트라마린은 서양에서 가장 비싼 안료였습니다. 15세기 이탈리아 화가인 첸니니는 모든 색 중에 가장 완벽

한 색이라고도 하였습니다.

모레노Moreno 빙하는 지형과 바람의 영향으로 지구 온난화와 상관없이 계속 자라는 단 하나의 빙하입니다. 길이는 5킬로미터가 넘고 가장 높은 곳은 60미터 가까이 됩니다. 전망대에 오르니 봉우리에서부터 골짜기를 따라 몰려오는 빙하가 한눈에 보였습니다. 조금씩 밀려온 얼음은 호수를 만나면 밀려오는 힘과 물의 힘에 의해 가장자리부터 부서집니다. 멀리서 보면 작은 덩어리가 떨어지는 것 같아도 3, 4층짜리 다세대 건물 정도의 높이라서 천둥 같은 소리를 내며 물 위로 떨어졌습니다. 그런데 빙하는 형광물질이나 조명을 넣은 세트처럼 야하고 부자연스럽게 빛나서 아무리 봐도 거짓말 같았습니다.

좀 더 가까이서 보려고 빙하 트레킹을 하였습니다. 신발에 아이젠만 덧신고 가이드를 따라가면 특별한 장비 없이도 빙하에 오를 수 있습니다. 가까이에서 본 빙하는 얼음덩어리보다 빙수에 가까웠습니다. 제빙기에서 뽑아낸 듯한 자잘한 얼음들이 차곡차곡 쌓여 거대한 빙하가 된 것이었습니다. 가이드는 파란 물이 고인 웅덩이로 안내했습니다. 빙하가 녹은 물은 군데군데 고여 호수로 흘렀습니다. 이 푸른 웅덩이로 흘러든 물은 500년은 족히 넘었다고 하였습니다. 함께 온 사람들은 누가 먼저라 할 것 없이 모두 엎드려 입을 댄 채 벌컥벌컥 빙하물을 들이켰습니다.

허 풍 선 이 들 이
압 권 을 만 드 네

중국인들 사이에는 허풍을 떠는 데는 세금을 내지 않는다는
말이 있습니다. 돈도 안 드는데 어차피 허풍을 떨려면 제대
로 떨어보자고 여긴 듯합니다. 시인 이백은 여산 폭포를 보고
'눈앞으로 3,000척'이나 되는 폭포수가 떨어져 마치 은하수가
떨어지는 것 같다며 '뻥'을 쳤습니다. 이백의 말만 철석같이
믿고 왔다면 아마 사기로 고소할지 모릅니다. 하지만 여산 폭
포처럼 작가가 던진 '뻥' 덕분에 빛을 본 폭포, 강, 호수, 산이
어디 한두 군데입니까? 『파워 오브 아트』를 쓴 사이먼 샤마는

예술의 힘이란 결국 경탄의 힘이라고 하였습니다. 감동과 경탄 그리고 '뻥'이 작품을 만듭니다. 하지만 감동할 준비가 되어 있지 않다면 압도적인 풍경을 만나도 '텔레비전에서 본 거랑 똑같네' '지난번에도 왔는데 뭘' '좋으니까 관광지가 된 거지 뭐'라며 시큰둥하기 일쑤입니다. 어딜 돌아다녀도 다 마찬가지입니다. 그럴 바에는 집 안에서 된장찌개에 밥 말아 먹으며 「세계테마기행」을 보는 게 훨씬 낫습니다.

> 우리가 가보지 않은 장소들은 꿈이나 백일몽처럼 기능하며, 무의식적 환상들을 펼치고 억압을 제거하기에 더없이 적당한 공간을 제공한다.
> _피에르 바야르, 『여행하지 않은 곳에 대해 말하는 법』
> (김병욱 옮김, 여름언덕, 2012)

참고로 거짓말을 하면 있는 그대로 말할 때보다 안쪽 두뇌가 더 활성화된다고 합니다. 사실과 다른 이야기를 만들어내야 하는데다 끝까지 아귀가 맞아야 하기에 더 많은 에너지가 소비됩니다. 그래서인지 여행을 다녀와 수다를 떨거나 글을 쓰면 자꾸 살이 빠지는 것 같습니다. 허풍은 문학과 예술을 만들기도 하지만 다이어트에도 효과적인가 봅니다.

어떤 사람은
눈으로 듣고 귀로 본다는데

아지무치Azymuth, 「**플라이 오버 더 호라이즌**Fly over the Horizon」

색을 보면 음악을 떠올리는 사람들이 있습니다. 전 공감각을 타고나지는 못했지만 맛볼 수 있는 방법을 알고 있습니다. 이런 겁니다. 해가 지기 전 월드컵 하늘공원에서 맹꽁이차를 타고 서둘러 상암동 노을공원으로 올라갑니다. 날씨가 좋으면 여의도 금융가의 높은 건물들부터 빨갛게 타오릅니다(하지만 여의도에서 일하는 직장인들은 자신들이 이렇게 멋진 데서 일하는 줄 모를 겁니다). 그 뒤로 마포대교, 서강대교, 당산철교, 양화대교, 성산대교가 빛나는 잔물결을 가로질러 차례로 그림자를 드리웁니다. 잔디 위로 잠자리들이 날고 캠핑 온 사람들은 호들갑스럽게 숯불을 피웁니다. 헤드폰 대신 블루투스 스피커를 가져가 음악을 듣습니다. 나희경의 「음악이 들려오네」, 란다Randa의 「슬로다운Slow Down」, 바닐라 어쿠스틱의 「나 요즘」, 프렐류드의 「피카딜리 서커스Piccadilly Circus」, 그리고 허소영의 「언더 어 블랭킷 오브 블루Under a Blanket of Blue」가 차례로 흘러나옵니다. 공감각을 타고난 칸딘스키까지는 아니지만 이 느낌 그대로 그림으로 옮길 수 있을 것만 같습니다.

가끔 그림을 어떻게 그렇게 그릴 수 있느냐며 신기해하는 사람도 있습니다. 전 오히려 음악을 만드는 사람들이 훨씬 더 신기합니다. '도대체 느긋해지는 느낌을 어떻게 피아노로 들려주지?' '푸른 담요 안에서 속삭이는 느낌을 어떻게 부르지?'

조금만 길을 나서도 귀에 이어폰부터 꽂는 친구들이 있습니다. 모르긴 해도 '눈'으로 '듣고' '귀'로 '보는' 맛을 이미 알아채서 그런가 봅니다. 하지만 진짜 고수라면 거꾸로 귀를 열고 일상에서 들려오는 소음 속에서 음악을 찾을 수 있지 않을까 싶습니다. 미국의 재즈 음악가 조지 거슈인은 자동차 경적을 악기로 삼아 「아메리칸 인 패리스American in Paris」를 작곡하였습니다. 특히 낯선 곳으로 떠날수록 일상 속에 잠자고 있던 감각이 예리하게 살아납니다. 파리지앵이 파리를 잘 모르고 서울 사람이 서울을 잘 모르듯 말이죠. 벨기에에서 온 친구는 서울성곽이 서울에서 가장 인상 깊다고 하는데 전 아직까지 한 번도 올라가보지 못했습니다.

눈과 귀를 되살려준, 되돌아온 음반

그동안 재즈에서 월드뮤직까지 음악 취향을 넓혀가면서 브라질 음반을 하나둘씩 모으게 되었습니다. 그중 마음에 드는 밴드가 아지무치였습니다. 어디서 많이 본 그룹인데 싶었지만 그때까지도 몰랐습니다.

AZYMUTH
FLY OVER THE HORIZON

하지만 서가에서 아지무치의 LP가 발굴됐습니다. 기억을 더듬어보니 처음 들었을 때 귀에 착 달라붙지 않아 이 앨범을 묵혀두었던 일이 생각났습니다. 그땐 내 스타일 아니라며 처박아두었던 겁니다. 음악은 하나도 변하지 않았지만, 세상이 변한 만큼 제가 변하나 봅니다. 카오디오에는 아지무치의 CD가 늘 들어 있습니다. 지금 제게 아지무치는 흥겨운 초록으로 '보입니다.'

다섯.
사람.

길에서 만나는 사람들은
모두 나의 거울.

가 슴 에 서   손 으 로
손 에 서   스 텝 으 로
—

부에노스아이레스의 카미니토Caminito는 보카Boca 지역에서
마음 편하게 걸어 다닐 수 있는 몇 안 되는 동네입니다. 보카
는 워낙 범죄율이 높다 보니 마을이 끝나는 골목에는 경찰이
줄지어 서 있었습니다. 마을과 이어진 허름한 건물 벽에 그라
피티가 그려져 있었습니다. 자세히 보려고 가까이 다가가자
경찰차 한 대가 천천히 다가왔습니다. 경찰은 창밖으로 고개
를 내밀고 "무슨 일인지 모르겠지만 넌 '경계'를 넘었어. 그러
면 우리가 지켜줄 수 없어. 어서 안으로 돌아가"라며 다그쳤
습니다. 어디에서 경계가 끝나는지 몰라 서둘러 왔던 길로 돌
아갔습니다. 제가 경찰 눈에만 보이는 경계로 돌아왔는지 그
제야 차를 돌렸습니다. 카미니토는 '오솔길'이라는 뜻인데 그
말이 무색할 만큼 분위기가 살벌했습니다. 다시 '이쪽' 카미니
토로 들어서니 알록달록한 건물들 사이로 카페에 앉아 맥주
를 홀짝거리는 관광객들이 보였고 쉴 새 없이 탱고가 흘러나

164

TANGO SHOW EN VIVO

04 BUENOS AIRES
BUENOS AIRES · REGIÓN PAMPEANA

Caminito que toda la tarde feliz vas a recorrer! En homenaje al famoso tango, el pasaje de gran valor cultural y turístico del barrio de La Boca en la Ciudad de Buenos Aires lleva su nombre. Se encuentra a 400 mts de La Bombonera, estadio de Boca Juniors, lugar donde una vez por año juega contra su eterno rival River Plate! En Buenos Aires siempre vas a encontrar cosas para hacer. Cualquier día y a cualquier hora!

Enjoy walking along Caminito, a traditional alley located in La Boca, a Buenos Aires neighborhood. This place, named after the famous tango "Caminito", acquired cultural and touristic significance. It is located at barely 400 mts from the Bombonera, Boca Juniors stadium, where once a year the Superclásico derby against River Plate takes place. You'll always find something to do in Buenos Aires, any day and anytime.

¿Te gusta?
Like?

왔습니다.

카미니토는 원래 가난한 이탈리아 선원들이 살던 판자촌이었습니다. 배에서도 쉽게 집을 찾을 수 있게 밝은 색으로 칠했다는데, 조금씩 얻어온 거라 조각조각 맞추다 보니 '어쩔 수 없이' 알록달록해졌습니다. 하지만 이젠 카미니토의 상징이 되었습니다. 결핍이 풍요를 만든 셈입니다.

탱고도 마찬가지입니다. 아르헨티나로 이주해 온 가난한 이탈리아 남성 노동자들에게 여자를 사귀는 것은 목숨까지 걸어야 할 만큼 경쟁이 치열한 일이었습니다. 사랑을 고백하는 노래는 절박할 수밖에 없었습니다. 세계적인 음악인 탱고도 이렇게 결핍 덕분에 탄생하였습니다.

골목 한쪽에 중절모를 쓴 한 할아버지가 물감으로 빠르게 그림을 그리고 있었습니다. 벽에는 그의 작품들이 걸려 있었습니다. 하나같이 탱고를 추는 사람들의 모습이었습니다. 사람 좋은 미소를 띠며 기예르모 알리오라며 명함을 건넸습니다. 그러더니 한글로 제 이름을 써달라고 하였습니다. 명함 뒤에 밥장이라고 써서 다시 건네니 쓱쓱 선을 덧붙여 탱고를 추는 커플로 마무리하였습니다. 그는 카미니토에 머물며 '탱고 멀티플Tango Multiple'이라는 주제로 평생 그림을 그려왔습니다. 탱고는 남녀가 상당히 빠르고 복잡하게 스텝을 옮기며 동작을 바꾸기 때문에 춤추는 모습을 그리기란 쉽지 않습니다. 하지만 그분의 작품들을 보니 복잡하기에 더 매력을 느끼며 재미있게 그린 것 같았습니다. 그래서 탱고가 무엇인지, 어떤 매력

이 있기에 그걸 그리는 데 평생을 바쳤는지 물어보았습니다.

"탱고는 남자가 여자에게 자신의 마음을 가장 멋지게 표현하는 춤이야. 가슴에서 손으로, 손에서 스텝으로 두 사람의 에너지가 춤과 음악으로 오가는 거지."

저도 답례로 그의 얼굴을 그려주었습니다. 그도 그림을 주었는데 역시나 탱고 그림이었습니다. 아르헨티나에 다녀오고 몇 달 뒤 부에노스아이레스에 다녀온 분이 블로그에 글을 남겼습니다. "카미니토 탱고 할아버지 기억하시죠? 한국 사람이라고 하니까 할아버지는 밥장 이야기를 해주셨어요. 한국에서 온 아티스트를 만났다구요. 사진 찍으라고 포즈까지 취해주셨어죠." 글과 함께 할아버지 사진도 보냈습니다. '밥장 탱고' 그림은 지금도 우리 집 창문에 붙어 있습니다.

말 은   오 히 려
장 식 일   뿐
─────

새벽에 수상시장을 보려고 인도네시아 남부 칼리만탄
의 주도인 반자르마신Banjarmasin까지 갔습니다. '동양의
베네치아'라는데 100번 양보해서 그저 '서민적인' 물의
도시였습니다. 길바닥에는 쓰레기가 나뒹굴었고 냄새
나는 거리를 따라 더러운 강물이 흘렀습니다. 바리토
강을 따라 항구에 가니 동네 아이들은 냄새나 물빛 따
위에 아랑곳없이 거침없이 강물에 뛰어들었습니다. 다
섯 살에 처음 수영을 배웠다는 열두 살짜리 소년은 10
미터 가까운 높이에서도 뒤로 한 바퀴 돌아 뛰어들었습
니다. 동네 아이들끼리도 서열이 있나 봅니다. 더 높은
곳에서 더 아찔하게 뛰어내리는 친구가 나이에 관계없
이 대장이었습니다. 더 높은 데서 뛰지 못해 나이만큼
대접받지 못하는 녀석은 퉁퉁 부어 있었습니다.
　아이들을 뒤로하고 가늘고 긴 배에 올랐습니다. 바
리토 강의 지류인 마르타푸라 강을 거슬러 올라갔습니
다. 함께 간 인도네시아 기사가 수상시장에서 과일을 파
는 가족을 안다며 길을 안내했습니다. 누런 강물에는 정
체 모를 나뭇잎 덩어리가 둥둥 떠다녔습니다. 물속에 기
둥을 박고 지은 집들이 강을 따라 촘촘히 늘어서 있었습
니다. 문을 나서면 바로 강물이었고 거기서 빨래를 하

거나 몸을 씻고 작은 배를 타고 나가 낚시를 하기도 했습니다. 화장실은 물 위에 놓인 가느다란 나무로 만든 길을 따라 연결되어 있었습니다. 집 앞 강물은 상수도이자 하수도였습니다. 선진화된 도시처럼 애써 상하수도를 나누는 일 따위는 없었습니다. 결국 그 물이 그 물이니까요.

한 시간을 달려 록바인탄Lok Baintan 마을에 도착했습니다. 강 위로 세워진 집 뒤로 가니 잘 자란 나무들 사이로 작은 골목이 이어져 있었습니다. 골목 안으로 소박한 집들이 있었고 그 뒤로 농장이 펼쳐져 있었습니다. 헬리캠을 띄워보니 농장은 끝이 보이지 않을 만큼 넓었습니다. 1980~90년대에 경험한 '농활'에서 보았던 시골 풍경과 다르지 않았습니다. 그때 그 여름방학을 떠올리며 걸었습니다. 마을에서 만난 어머니들은 여유로웠고 낯선 사람이 찾아와도 언제든 반길 준비가 되어 있었습니다. 일손을 좀 돕겠다고 하니 흔쾌히 오렌지 농장으로 안내했습니다. 오렌지를 딸 때 붉은 개미에 손등을 물려 "앗 따가, 앗 따가" 하며 호들갑을 떨었더니 어머니들은 세계 최고의 개그맨을 만난 듯 세계 최고의 관객이 되어 배를 잡고 깔깔거렸습니다(헬렌 니어링도 45년의 연구와 공부 뒤에 당혹스러울 만큼 평범한 결론을 내립니다. 자신이 사람들에게 줄 수 있는 최상의 조언은 "서로에게 조금 더 친절하라"는 것이었다는 고백이었습니다. 처음 만나는 사람에게 베푸는 가장 큰 호의는 역시 웃음이었습니다).

다음 날 새벽 4시에 농장 아주머니들과 함께 수상시장으

ORANGE IN LOK BAINTAN

로 향했습니다. 3, 4미터에 불과한 작은 배에 아주머니 둘이 앞 뒤로 타고 전 가운데에 앉았습니다. 제 앞에는 어제 딴 오렌지 와 바나나가 가득 실려 있었습니다. 아주머니는 능숙한 솜씨 로 노를 저었고 전 양반다리로 앉아 두 손으로 배를 꼭 잡고 있 었습니다. 20분 남짓 가니 배들이 벌써 200여 척 가까이 도착 해 있었습니다. 배 위의 상품은 어제 딴 오렌지, 바나나, 람부 탄이나 채소, 그리고 갓 잡은 생선들이 주를 이뤘습니다. 즉석 에서 바나나를 튀겨주는 배도 눈에 띄었습니다. 뱃머리를 갖 다 대면 곧바로 흥정이 시작되었습니다. 정해진 가격은 없었 고 팔 사람뿐만 아니라 사는 사람도 가격을 정할 수 있었습니 다. 흥정은 쉴 새 없이 이루어지며 활기를 더했습니다. 흥정이 끝나면 과일과 먹을거리를 재빠르게 옮기고 배는 다시 마을로 돌아갔습니다. 강 위에 불현듯 떠오른 새벽시장은 해가 뜨기 전에 서둘러 사라졌습니다. 살 사람과 팔 사람만 있다면 물 위 라도 상관없었습니다. 그래서 이곳이 더 시장의 원형처럼 보 였습니다.

저도 아주머니를 도와 오렌지를 팔아 보았지만 별 도움이 되진 못했습니다. 말이 통하지 않는 이방인이 흥정에 되레 방 해가 되었을 텐데 "오늘은 대체로 싸게 부르려고만 하네. 그 래서 안 판 것뿐이야"라며 애써 저를 위로해주었습니다. 그러 고는 집으로 돌아와 함께 아침을 먹었습니다. 젓갈과 인도네 시아식 고추장을 버무린 매콤하고 짭짤한 삼발 테라시는 입 에 잘 맞았습니다. 수상시장에서 산 생선도 튀겨 접시에 올려주었습니다. 아주머니들처럼 손으로 먹었습니다. 더러운 강물 위에서 손으로 밥을 먹었지만 비위가 상하지는 않았습니다. 오히려 맛있었고 별 탈 없이 소화도 잘되었습니다.

말이 통하지 않으면 이쪽 사람들은 "배고파?" "목말라?" "어디 가려구?" "아픈 데는 없어?" "기분 괜찮아?" "즐거워?" 처럼 꼭 필요한 것만 묻고 바로 해결해줍니다. 그런데 우리나라에 오면 "몇 살이야?" "어디 살아?" "가족은 어떻게 돼?" "무슨 일 해?"처럼 이른바 호구조사부터 합니다. 타고난 여행자인 어린왕자도 어른들은 나이나 몸무게, 아버지 수입 같은 숫자만 좋아할 뿐 정작 중요한 건 묻지 않는다고 지적하였습니다. 좋아하는 사람이 있어도 주위에서 "그 애 목소리는 어때?" "무슨 놀이를 좋아해?" "나비를 수집하니?"라고 묻는 법은 결코 없다는 겁니다. 한편 로마의 현자 세네카는 인간은 낯선 사람한테까지 도움을 주려고 하면서도 화가 나면 가장 가깝고 소중한 사람부터 물어뜯으며 괴롭히는 데 선수라고 하였습니다. 낯설면 다시 조심스러워집니다. 여행에서 잠시 스친 프랑스 친구를 대하듯 아내와 부모, 친구들을 대한다면 지금보다 훨씬 관계가 살뜰해지지 않을까 싶습니다.

나라를 떼면 사람이 더 잘 보인다

"고려인을 가난하고 도움 받을 사람으로만 여기면 곤란해. 학자나 정치인, 사업가로 러시아와 중앙아시아에서 성공한 사람들이 얼마나 많은데."

모스크바 강변을 바라보며 그는 보드카를 홀짝거렸습니다. 재능나눔으로 알게 된 NGO 희망래일의 도움으로 그와 함께 모스크바에 오게 되었습니다. 그는 칠순이 넘었지만 단단한 팔뚝이 반팔 셔츠 소매에 꽉 끼었습니다. 러시아에서 태어나 북한과 대한민국 국적을 모두 가졌었고 지금은 서울에 살고 있습니다. 그는 스스로를 '조선에 뿌리를 둔 러시아 사람'으로 여겼습니다. 대한민국이란 한반도 남쪽에 세워진 100년이 채 되지 않은 나라이며 스스로 선택한 '국적'일 뿐이었습니다.

조금 뒤 독립운동가 최재형의 손자인 최발렌틴 박사가 도착하였습니다. 그 역시 칠순이 넘었고 호리호리한 체격에 짙은 안경을 써서 무척 젊어 보였습니다. 최 박사 역시 스무 살이 되기 전까지 할아버지가 어떤 사람인지 전혀 몰랐다고 했습니다. 저도 그때 '최재형'이라는 이름을 처음 들었습니다.

최재형은 1858년 함경도에서 노비의 아들로 태어났습니다. 열 살 때 형과 아버지를 따라 연해주로 이주했지만 배고픔을 참을 수 없어 열두 살에 가출하였습니다. 우연히 한 러시아인 선장을 만나게 되었는데 선장은 그를 친아들처럼 키웠습니다. 6년간 함께 배를 타고 아시아, 아프리카, 유럽 남부 해안까지 여행을 떠났습니다. 그 뒤로 한인으로는 처음으로 러시아 학교에 입학하였습니다. 세계를 경험한데다 러시아어까지 유창해서 열여덟 살에 그는 이미 '글로벌 인재'가 되었습니다.

극동에 얼지 않는 항구를 개척하려는 러시아의 정책에 힘입어 1880년 블라디보스토크는 연해주의 중심 도시가 되었습니다. 그는 러시아어를 모르는 이주 한인 노동자들을 대변하며 도로 건설에 참여하였습니다. 군납업에도 뛰어들어 러시아 군인들에게 생필품도 납품하였습니다. 현지인 같은 러시아어 실력, 그를 따르는 한인들의 노동력, 뛰어난 사업 수완 덕택에 한인이자 러시아인이었던 그는 연해주에서 존경받는 사업가로 크게 성공하였습니다. 그런데 1904년 러일전쟁에서 러시아가 지고 1905년 을사조약으로 대한제국의 외교권은 일본으로 넘어갑니다. 1907년에는 헤이그 밀사사건을 계기로 고종은 퇴위되고 군대도 해산됩니다. 마침내 그는 연해주와 러시아에 흩어져 있던 한인 의병들을 모집하여 1908년 동의회를 결성합니다. 그리고 국내 진공 작전을 펼칩니다.

1909년 안중근은 하얼빈에서 이토 히로부미를 저격합니다. 안중근 역시 동의회에 속해 있었고 동의회의 모든 재원은 최재형이 마련했습니다. 저격 뒤 안중근은 혼자 꾸민 일이라고 하였고 일본은 끝내 배후를 밝히지 못했습니다. 1917년 러시아 혁명이 일어나자 일본은 혼란을 틈타 연해주를 점령하였습니다. 1920년 우수리스크에 머물던 최재형은 일본군에게 체포된 뒤 취조나 재판 없이 그대로 총살되었습니다. 지금도 어디에 묻혀 있는지 모른다고 합니다.

그와 최발렌틴 박사를 만나기 전까지는 사실 겁이 났습니다. 왜냐하면 저 또한 '나는 공산당이 싫어요'라는 이승복 어

떠나는 이유

린이 동상 아래서 '상기하자 6.25' 포스터를 그리고 '전우의 시체를 넘고 넘어'에 맞춰 고무줄놀이를 하며 1970~80년대에 학교를 다녔기 때문입니다. 그러다 보니 고려인이라는 이름 뒤로 공산당과 북한, 소련이 겹쳤습니다. 하지만 함께 이야기를 나누다 보니 그들은 '한인이라면 모두 대한민국 사람'이라는 상식과 편견에서 완전히 벗어나 있었습니다. 최재형 또한 마찬가지였습니다. 한인들과 러시아인 모두를 위해 올바른 일을 했던 세계시민이었습니다. 하지만 일제 강점과 뒤이은 남북 분단, 그리고 이념 대립의 역사에 휘말려 오랫동안 잊혔습니다. 최발렌틴 박사는 이제라도 할아버지에 대해 관심을 가져줘서 고마울 따름이라고 하였습니다. 그의 말을 들으니 최재형이 활동한 연해주는 과연 어떤 곳인지 궁금해졌습

니다.

연해주는 러시아 극동 프리모르스키 지방으로 한반도의
3분의 2 크기에 달하는 광대한 평야지대이지만 불과 200만 명
이 살고 있습니다. 블라디보스토크는 서울에서 비행기로 두
시간이면 갑니다. 동해에서 배를 타도 20시간이면 충분합니
다. 우수리스크는 블라디보스토크에서 100킬로미터 정도 떨
어져 있습니다. 연해주에서 두세 번째로 크지만 18만 명이 사
는 작은 도시로 현재 거주하는 고려인은 약 2만 명 정도라고
합니다.

1937년 스탈린은 18만 명에 달하는 고려인을 연해주에
서 6,000킬로미터나 떨어진 중앙아시아 황무지로 강제로 이
주시켰습니다. 1991년 소련이 해체되고 중앙아시아가 카자흐
스탄, 우즈베키스탄으로 독립하면서 배타적인 민족주의가 다
시 고개를 들기 시작했습니다. 두 세대에 걸쳐 애써 정착한 고
려인들은 또다시 추방당해 할 수 없이 다시 할아버지, 할머니
가 살던 연해주로 돌아왔습니다. 우수리스크의 고려인 마을에
들러 칠순쯤 되신 한 할아버지께 고향이 어딘지 여쭤보았습니
다. "우즈베키스탄에서 태어나고 자라서 늘 거기가 그리워"라
고 우리말로 대답하였습니다. 우리말을 쓰고 우리처럼 생겼지
만 그리운 고향은 대한민국만이 아니었습니다.

국가별로 전체 인구 대비 해외 동포의 수를 비교하면 우리
나라가 약 10:1이라고 합니다. 비율로만 보면 유대인을 제외
하고 세계 1위입니다. 인구수로 보면 화교의 수가 우리나라보

다 다섯 배가량 많지만 전체 인구에 대한 비율은 2퍼센트에 지나지 않는다고 합니다. 그러니 이제라도 '한국인'에서 '국'을 떼어내고 '한인'으로서 그들의 역사를 보고 사람을 만나면 어떨까 싶습니다.

신 의   집 에 서 는
신 도   자 신 을   만 난 다
▬▬

보르네오 섬 동부 칼리만탄의 주도인 사마린다는 아라비안 나이트에 나올 법한 이름이 풍기는 인상과 달리 크고 밋밋했습니다. 덥고 사람들로 북적이며 차와 오토바이들은 정신없이 뒤엉켜 달렸습니다. 동남아 여느 도시와 다를 바 없었습니다. 숙소로 가는 길에 거대한 이슬람 사원이 눈에 띄었습니다. 사마린다 이슬람 센터였습니다. 저처럼 무슬림이 아닌 사람도 들어갈 수 있었습니다. 낯설고 두려웠기 때문에 지레 겁을 먹었습니다. 하지만 사원에 들어서니 커다란 정원처럼 꾸며진 앞마당에는 수많은 사람들이 느긋하게 오후를 즐기고 있었습니다. 마치 공원에 온 것처럼 햇빛을 피해 회랑 그늘에 누워 있거나 계단에 걸터앉아 스마트폰을 만지작거렸습니다.

신발을 벗고 사원 건물 안에 들어서자 정복을 입은 관리인이 다가왔습니다. 그리고는 묵묵히 저를 어디론가 끌고 갔습니다. 수도꼭지가 여러 개 달린 곳이었는데 기도하기 전에 정

결의식을 치러야 한다고 합니다. 관리인은 무섭게 생긴 얼굴과 달리 소매와 바지를 걷어가며 어떻게 씻는지 직접 보여주었습니다. 가르쳐준 대로 오른손과 왼손, 입안과 목덜미 그리고 발을 차례로 씻었습니다. 안에서 사진을 찍어도 좋지만 대신 조용히 둘러보라고 귀띔해주었습니다. 거대한 돔 아래 기도실은 넓고 시원했습니다. 앞마당과는 달리 무슬림들이 조용히 기도하고 있었습니다. 저도 잠시 기도를 드린 뒤 다시 앞마당으로 나왔습니다.

히잡을 둘러쓴 한 대학생이 신기한 듯 제게 다가왔습니다. 그러고는 이슬람이 무슨 뜻인지 아느냐고 물었습니다.

"이슬람은 그 말 자체가 평화라는 뜻이야. 그런데 이슬람 하면 테러부터 떠올리지. 하지만 우리는 누구를 죽이거나 해치라고 배운 적이 없어. 그래서 난 무슬림인 게 자랑스러워."

그러면서 해맑게 웃었습니다. 종교를 강요하면 몹시 피곤
해집니다. 심지어 돌이킬 수 없는 분쟁을 낳기도 합니다. 정통
성을 지나치게 강조하는 일부 사람들이 테러와 살인, 여성 할
례처럼 끔찍한 일을 '타인'에게 강요합니다.

순수성이라는 악마의 말을 탄 사람은 자기 주변에 죽음과
파멸의 씨앗을 뿌린다. 종교적 정화, 정치적 숙청, 종족의
순수성 보존, 천사적 상태에 대한 반육체적 추구, 이 모든
착란은 학살과 수많은 불행으로 귀결된다.

_미셸 투르니에, 『상상력을 자극하는 시간』(김정란 옮김, 예담, 2011)

사마린다 이슬람 사원을 보니 몇 년 전 가보았던 하기아
소피아가 떠올랐습니다. 이스탄불에서는 '아야 소피아'로 부
르는 하기아 소피아를 처음 본 건 중학교 세계사 교과서 속에
서였습니다. 그 뒤로 30년이 지나고 나서야 20터키리라, 우리
돈으로 1만2,000원을 내고 드디어 입장하였습니다. 건축가 루
이스 바라칸은 건축물에 다가갈 때 기대감에 가슴이 부풀어
오르도록 시간을 두고 천천히 다가서라고 하였습니다. 충고에
따라 거대한 나무 문을 지나 천천히 들어서니 신의 집은 매우
박력 있게 다가왔습니다. 루이스 바라칸이 말하길, 집이란 자
기 자신과 곧바로 대면하는 장소라는데, 여기선 신도 당신 자
신을 만날 것 같았습니다.

지금까지 지구에 살았던 인구는 1,050억 명이며 지금 살고 있는 인구는 70억 명이라고 합니다. 그중 여기에 와본 사람은 몇이나 될지 상상해보았습니다. 로마 제국에서 비잔티움 제국으로 그리고 오스만 제국에서 지금 터키에 이르기까지 말입니다. 수많은 사람들이 자신의 믿음을 세우기 위해서 여길 찾았을 겁니다. 온통 금빛 모자이크로 뒤덮인 가운데 양초의 온기가 퍼지고 동방의 향기가 피어올랐을 비잔티움 제국의 성당을 떠올리며 둘러보았습니다. 모자이크로 만든 벽화를 회반죽으로 덮고 아라베스크 문양으로 장식한 한 이슬람 사원의 모습도 머릿속을 스쳐 지났습니다. 바로 여기에서 사람들은 로마의 하느님과 그리스 정교회의 하느님, 그리고 이슬람의 하느님을 보았을 겁니다. 금빛 아랍 글자로 장식된 벽 위로 천사 중의 천사, 세라핌이 여섯 개의 날개를 펼치고 있었습니다. 그 위로 성모와 어린 예수가 아련히 빛나고 있었습니다. 신께 믿음을 가진 사람들 그리고 믿음을 가지려 애쓴 사람들을 위해 잠시 기도했습니다. 그리고 아름다움을 느낄 수 있는 예민함을 주신 데 대해 감사했습니다.

『신을 찾아 떠난 여행』의 저자 에릭 와이너는 좋은 종교를 가늠하는 방법은 "그 종교를 소재로 농담할 수 있는가"라고 말합니다. 좋은 종교는 자신의 신도 색다르게 볼 수 있는 여유를 갖고 있습니다.

등 려 군 에 게
꽃 다 발 을

술라웨시 섬의 마카사르로 가는 비행기를 타려면 사마린다에
서 발릭파판으로 가야 했습니다. 공항에서 차를 빌렸습니다.
중국계 인도네시아 할아버지였습니다. 나이보다 훨씬 젊은
스타일의 야구 모자를 쓰고 편하게 웃었습니다. 첫인상에 안
심하고 차를 탔지만 핸들을 잡는 순간 그는 경적을 울리며 도
로에 달려들었습니다. 그동안 쌓인 분노가 액셀을 밟으며 폭
발하는 듯싶었습니다. 중앙선을 추월 차선처럼 여기며 호시
탐탐 기회를 노렸고 깜박이와 상향등이 무슨 무기라도 되는
듯이 마구 쏴댔습니다. 불안을 넘어 화가 치밀어 올라 한마디
쏘아붙이려고 했을 때 할아버지가 카오디오를 켰습니다. 등
려군의 노래 「웨량따이뱌오위디씬月亮代表我的心」이 흘러나왔
습니다.

"당신은 내게 당신을 얼마나 사랑하는지 물었죠. 내 감정
은 변치 않고 내 사랑 역시 변치 않아요. 달빛이 제 마음을 대
신하죠."

그녀의 목소리는 마치 마법처럼 '패스트 앤 퓨어리어스'
할아버지의 분노를 사그라뜨렸습니다. 심지어 뒤따라오며 추
월을 노리던 다른 차들을 너그럽게 봐주기까지 했습니다. 할
아버지는 노래를 따라 불렀고 저도 함께 흥얼거렸습니다. 등
려군의 마법은 음악이 끝날 때까지 계속되었습니다. 하지만

딱 그때까지였습니다. 마법이 풀리자 할아버지는 다시 상향등
을 쏴대며 빵빵거리며 달렸습니다.

세계시민 되는 데는
몇 분이면 충분

마카사르에 도착해서 한 한인이 피습되었다는 뉴스를 보았습
니다. 그 한인 사장은 운전기사가 마음에 들지 않는다고 폭행
을 했고 화난 기사는 친구들을 모아 그를 칼로 찔러 잔인하게
죽였습니다. 사람을 죽인 건 엄연히 범죄입니다만 사람을 아
래위로 본 것 역시 잘한 것은 아닙니다(그래서 죽여도 된다는
건 결코 아닙니다). 어쨌든 제대로 된 세계시민이라면 어떻게
행동해야 하는지 반면교사로 삼았습니다. 젠틀하다는 건 마
음의 여유를 갖는 것, 상대의 입장에서 생각해주는 단 몇 분
의 시간을 갖는 것입니다.

내가 아는 음악가,
나를 아는 음악가

호세 라칼레 José Lacalle, 「**아마폴라**Amapola」
심성락, 「**꽃밭에서**」

가장 기억에 남는 공연이 무엇이었는지 떠올려 봅니다. 20년 전 팻 메스니Pat Metheny가 처음 우리나라에 와서 「아 유 고잉 위드 미Are You Going with Me?」를 연주했을 때는 심장이 멎는 줄 알았습니다(그때 그 공연표 아직도 잘 간직하고 있습니다). 싸이가 두 번째로 군대 가기 전 마지막 공연에서 긴말 없이 "잘 다녀오겠습니다"라고 넙죽 큰절했을 때 엄지손가락을 치켜세웠습니다. 그리고 얼마 전 새로 나온 재즈 앨범을 살펴보다가 우연히 허소영이라는 가수를 알게 되었습니다. 색깔 있는 목소리에 반해 게스트로 나온 공연까지 찾아갔습니다.

Are You Going with Me?

　　하지만 가장 기억에 남는 공연은 따로 있습니다. 테너이자 크로스오버 밴드를 하는 유승범이 몇 년 전 마포아트센터에서 했던 크리스마스 공연입니다. 저보다 한 살 많은 형입니다. 숭실중학교에서 그와 함께 합창단을 했었습니다. 그 뒤로 형은 음악을 전공하였고 지금까지 저와는 친형제처럼 지냅니다. 공연이 있는 날이면 형은 저를 무대 뒤로 부릅니다. 함께 연주하는 연주자들을 소개해주고 김밥과 간식을 나눠 먹으며 수다를 떱니다. 덕분에 공연을 어떻게 준비하는지 더욱 생생하게 알게 되었습니다.

크리스마스 공연에서 형은 익숙한 팝송을 불렀습니다. 그중에서 「아마폴라」는 온몸이 짜릿했습니다. 공연이 끝나고 맥주를 홀짝거리면서 형에게 「아마폴라」가 정말 근사했다고 하였습니다. 형은 고맙다며 남은 맥주를 시원하게 들이켰습니다.

형 덕분에 무대 뒤에서 놀고 동료 음악가들과 맥주를 마시고 집들이에 초대받아 돼지 목살을 굽습니다. 조수미나 싸이하고 그럴 일은 거의 없을 겁니다. 아는 만큼 보이고 친한 만큼 들립니다. 형한테 다른 도움도 받습니다. 어머니가 아코디언을 배우겠다고 했더니 형 밴드의 아코디언 주자인 러시아 친구 알렉스가 직접 악기를 골라주었습니다. 또 내년에 있을 어머니 칠순 잔치에는 형과 알렉스에게 한 곡 부탁하려고 합니다. 물론 「아마폴라」를 빼놓을 수 없죠. 때론 내가 아는 뮤지션보다 나를 아는 뮤지션이 음악을 가깝게 한다는 점에서 더 위대합니다.

쓰리 테너도 부른 그 곡!

「아마폴라」는 1924년 스페인의 작곡가 호세 라칼레가 지은 곡입니다. 1984년 세르지오 멘데스가 감독을 맡고 엔니오 모리코네가 음악을 맡은

Amapola

결작 「원스 어폰 어 타임 인 아메리카」에 쓰여 널리 알려졌습니다. 1990년 루치아노 파바로티, 호세 카레라스, 플라시도 도밍고가 이른바 '쓰리 테너three tenors'로 모여 로마에서 처음 공연할 때도 이 곡을 불렀습니다.

눈을 감게 하는 심성락의 아코디언

아코디언 하면 '뽕짝'이나 어르신들이나 연주하는 한물간 악기로 여깁니다. 하지만 한물간 악기가 얼마나 감동을 주는지 이한 장의 앨범이 긴말 없이 보여줍니다. 악기를 다루는 데 천재성이나 연습, 기교 모두 필요하지만 무엇보다 악기와 함께 보낸시간이 먼저입니다. 그가 연주한 「꽃밭에서」(『바람의 노래를 들어라』에 수록)를 들으면 저도 모르게 눈을 감게 됩니다. '눈을 감게 만드는 음악'은 제가 음악가에게 보내는 가장 큰 찬사입니다.

여섯.
음식.

씹은 만큼
상상한다네.

몬 도 가 네 로
말 할 것 같 으 면
▬

어머니는 그때 무슨 생각으로 저랑 갔는지 모르겠습니다. 나중에 알고 보니 아버지랑 싸우고 열이 받아서 무작정 저를 데리고 나왔다고 하였습니다. 어머니도 그땐 스물아홉에 불과했습니다. 세 살짜리 꼬마는 한 손에 장난감 버스를 든 채 엄마 손을 붙잡고 극장에 갔습니다. 그날 본 영화는 「몬도가네」였고 제가 기억하는 첫 번째 영화가 되었습니다. 세계를 돌아다니며 이상하고 괴이한 이야기를 담은 페이크 다큐멘터리였는데 이탈리아어로 '개 같은 세상'이라는 뜻입니다. 그 뒤로 제 취향은 청소년 관람가보다는 19금 쪽으로, 부산국제영화제보다는 부천국제판타스틱영화제로 굳어져버렸습니다. 일찌감치 '개 같은 세상'을 보여준 어머니가 그저 고마울 따름입니다.

영화 속에서는 아무것도 걸치지 않고 온몸에 푸른 물감을 바른 미녀들이 달콤한 음악에 맞춰 캔버스에 몸을 던졌습니다. 거위 입에다 깔때기를 꽂고 사료를 꾸역꾸역 처넣었습니

CoRIANDER: 香菜

다. 일본에서는 소의 목구멍에다 맥주를 들이부었습니다. 칼을 든 싱가포르 병사는 물소의 목을 단칼에 잘랐습니다. 멕시코에선 사람 모습으로 크림 케이크를 만들어 아이들이 골을 후비고 내장을 파먹었습니다. 알몸에 휴지를 두른 여자에게 물을 뿌리고 깨끗하게 씻긴 소들은 조용히 도살장으로 끌려갔습니다. 세계와 여행, 기괴함과 모험, 색과 섹스가 음식과 한데 버무려져 몸속으로 빨려 들어왔습니다.

여행을 무서워하는 사람도 꽤 있습니다. 길을 떠나면 가장 먼저 부딪치는 문제가 물과 음식입니다. 낯선 사람보다 물갈이가 무섭고 절벽 사이에 걸쳐 있는 흔들다리보다 샹차이香菜에 더 몸서리칩니다. 비위가 약한 사람일수록 뭘 씹고 어디까지 먹을 수 있을지 고민합니다. 먹는 것뿐만 아니라 보이는 것과 냄새도 걱정거리입니다. 뭔가 이상한 걸 보거나 냄새를 맡으면 입맛부터 떨어집니다. 인도네시아 거리에서 흔히 볼 수 있는 플라스틱 봉지와 일회용 그릇 쓰레기를 보며 수챗구멍 속 머리카락이 떠오른다면 그날 점심은 물 건너갈 수밖에 없습니다. 여행이란 비위와의 끊임없는 투쟁입니다. 다행히 저는 비위도 약하지 않으며 무엇이든 잘 먹고 어디서든 잘 쌉니다. 모두 어머니와 「몬도가네」 덕분인 것 같습니다. 그래서인지 낯선 음식 앞에서 무섭고 불쾌하기보다 소름이 돋고 설렙니다. 관광지는 걸러도 색다른 먹을거리나 미식은 결코 포기하지 못합니다. 미식은 포르노와 무척 닮았습니다. 보기만 해도 흥분되고 욕구를 해결해줍니다.

남 의 살 맛

미국의 만화가 크레이그 톰슨은 "먹는 것이야말로 사랑을 나누는 것 외에 유일하게 오감을 모두 사용하는 일"이라며 극찬합니다. 더불어 미국에 비만이라는 문제가 생긴 건 먹는 일에 죄의식을 결부시켰기 때문이라고 지적합니다. 음식을 먹는 경험을 즐기지 못하고 숨어서 아무것이나 먹는 탓에 몸이 망가진다는 겁니다. 반면 이슬람의 신비주의 종파 수피즘 신자들은 맛을 보는 사람만이 깨닫는다고 하는데 말이죠.

요즘에는 고기를 버리고 채식을 하면 교양 있고 의식 있는 사람으로 보이고, 고기를 좋아할수록 지구 환경과 동물에 대해 배려 없는 사람처럼 보입니다. 하지만 우리 어머니는 국을 끓일 때 '남의 살'이 들어가야 제맛이 난다면서 감탄하며 간을 봅니다. 그런데 남의 살임을 의식할 때마다 입안에서 질겅거리는 고기가 살아 있는 생물로 느껴집니다. 그러면 식욕이나 죄책감을 넘어서는 낯선 욕구가 꿈틀거립니다. 프랑스의 소설가 미셸 투르니에는 타인의 살, 냄새, 체액에 대한 욕구는 종종 식인적인 면모를 띠게 된다고 합니다. 그래서 살맛에만 빠지면 섹스는 곧장 사디즘으로 빠진다고 경고합니다. 반대로 섹스가 시들해져서 살맛을 잃으면 식욕이 그 자리를 대신합니다. 결혼하고 살이 찌는 것도 섹스가 차지해야 할 자리를 치맥과 야식이 대신하기 때문이 아닐까 싶습니다.

몇 해 전 아테네에 갔을 때 고기가 좋기로 소문난 정육점

에 들른 적이 있었습니다. 때마침 정육점 사장은 갓 잡은 소한 마리를 스테인리스 탁자 위에 올려놓고 뼈를 새기고 있었습니다. 살코기는 큰 칼로 큼직하게 썰었습니다. 뭉툭하게 썰린 자리로 와인 같은 육즙이 붉게 배어나왔습니다. 요즘 그리스 경기가 안 좋으니 손님도 줄지 않았느냐고 조심스레 물어 봤습니다. 하지만 예상과 달리 장사는 잘된다고 했습니다. 경제가 어려울수록 하나를 사도 신중하게 고르니 질 좋은 고기를 파는 우리 집은 손님이 안 끊기는 게 아니겠느냐고 대꾸하였습니다.

칼 로 리   따 위
던 져 버 리 고

낯선 곳에 오면 다이어트나 칼로리 따위 생각하지 않고 부담
없이 먹습니다. 아무리 먹어도 살이 찌지 않습니다. 자동차나
택시를 타는 대신 배낭을 메고 웬만하면 걷기 때문입니다.

지난해 가을 아르헨티나를 20여 일간 돌아다녔습니다. 숙
소로 돌아오면 날마다 저녁에 아사도(소갈비, 돼지갈비, 소시
지 등에 간단히 양념해 숯불에 구운 요리)를 먹었습니다. 아르헨
티나는 땅이 넓고 목초지가 많은데다 인구가 적어 소를 방목
해서 키웁니다. 사료 값이 들지 않으니 쇠고기 값은 놀랄 만큼
저렴합니다. 그래서 숙소로 돌아오기 전에 동네 정육점에 들
렀습니다. 쇠고기의 나라답게 고깃덩어리가 냉장고에 통째로
걸려 있었습니다. 상태가 좋은 걸 고른 뒤 부위를 말하면 직원
들이 커다란 기계에 넣어 솜씨 좋게 잘라주었습니다. 한 손님
은 갈비를 잘라 마치 탄띠처럼 돌돌 말아 가져갔습니다. 혀를
내두르며 갈빗살과 곱창을 샀습니다. 우리나라와 비교하면 가
격이 채 3분의 1도 안 됩니다. 숯불을 피워 바닥에 깐 다음 석
쇠에다 소갈비와 곱창을 올려 소금을 뿌리고 천천히 구웠습니
다. 그리고 고기가 다 익을 때까지 맥주를 홀짝거리며 수다를
떨었습니다. 노릇하게 구워지면 식칼로 고기를 큼직하게 자
른 뒤 후후 불어가며 배 터지도록 뜯었습니다. 그렇게 먹었지
만 체중은 오히려 줄었습니다. 하루 종일 걷고 땀을 흘렸기 때

문에 아무리 먹어도 칼로리가 부족할 지경이었습니다. 여행을
마치고 집으로 돌아오자 금세 서울의 속도에 적응하였습니다.
속도가 빨라지는 만큼 칼로리는 남아돌았습니다. 조금만 먹
어도 아랫배는 금세 포동포동해졌습니다. '아사도 먹고 싶다'
'실컷 걷고 싶다' '칼로리가 모자라고 싶다' 이런 욕구가 저도
모르게 느껴졌습니다.

/

"당신은 한국사람이니까
다 좋아할 거 아니야"
▬▬

시베리아 횡단열차를 타고 블라디보스토크에서 이르쿠츠크
로 갔습니다. 3박 4일 동안 네 사람이 한 객실에 꼼짝없이 갇
혀 지냈습니다. 식사는 준비해둔 햇반과 반찬을 꺼내 먹었습
니다. 갑갑하다 싶으면 식당 칸에 가서 맥주를 마시며 러시아
음식을 주문했습니다.

식당 칸은 머릿속으로는 늘 낭만적이지만 실제로는 '깨
기' 일쑤입니다. 도대체 식당 칸의 낭만은 어쩌다 생긴 건지
모르겠습니다. 식당 칸의 원형은 어쨌든 잘못되어도 한참 잘
못되었습니다. 식당 칸에 앉아 주문을 했습니다. 러시아어로
된 메뉴판을 훑어보다 결국 지금 되는 메뉴를 주문했습니다.
러시아 전통 스프인 보르시는 벌겋고 둥둥 기름이 떠서 눈으
로 보면 '쇠고기 해장국'과 꼭 닮았습니다. 머릿속에 이미 해
장국의 맛을 떠올리며 매운 맛에 대비했습니다. 다만 스프 한

가운데 떠 있는 허연 덩어리가 조금 의심스러웠습니다. 한 숟가락을 뜨자 이런, 영혼과 몸이 분리되는 기분이 들었습니다. 머리와 혀가 따로 놀았습니다. 매울 줄 알고 잔뜩 긴장했는데 살짝 단맛이 올라오면서 느끼했습니다. 맛이 없진 않았지만 결코 예상했던 맛은 아니었습니다. 허연 덩어리의 정체가 궁금해졌습니다. 알고 보니 마요네즈였습니다. 러시아 사람들은 마요네즈를 무척 사랑합니다. 어떤 사람은 마요네즈를 한 숟갈 더 넣은 뒤 잘 휘저어 먹었습니다. 마요네즈 중 으뜸으로 치는 오뚜기 마요네즈였습니다. 오리온 초코파이, 팔도도시락 컵라면과 함께 러시아인이 사랑하는 우리나라 브랜드였습니다. 하지만 한 러시아인이 "당신은 한국사람이니까 다 좋아할 거 아니야"라고 물어보았을 때 어깨를 들썩이며 아랫입술을 내밀었습니다.

인도네시아에서도 비슷했습니다. 나시고랭, 이칸고랭, 삼발(매운맛이 나는 소스) 모두 입맛에 맞았습니다. 불맛이 살아 있고 적절히 매운 맛도 느껴지고 짭짤하면서 감칠맛이 났습니다. 알고 보니 인도네시아 맛의 비법은 미원이었습니다. 이곳 사람들이 "당신은 한국사람이니까 좋아할 거 아니야"라고 물었을 때에도 역시 어깨를 으쓱했습니다. 1973년 인도네시아에 미원 공장이 설립되었고 현지 매출만 1년에 1억 원이 넘는다고 합니다. 인도네시아 물가를 감안한다면 그야말로 현지인들이 어마어마하게 먹고 있는 겁니다. 인도네시아에 오면 늘 맛있다는 말을 달고 다니게 되는 것도 미원 덕분인지 모릅니다. 수많은 음식기행 프로그램에서 요리사들이 안 보여주는 궁극의 비법 양념단지 안에는 MSG, 즉 '미원'이 들어 있다는 우스갯소리가 농담으로만 들리지 않습니다. 입맛이 없거나 유기농에 친환경재료로 된 식단으로 일주일을 넘기면 이상하게 짜장면이 당깁니다. 미원은 원하든 원치 않든 제가 좋아하는 음식의 유전자로 박혀 있습니다.

전 통 의   맛 은
힘 이   세 다

세입자들의 도시로도 불리는 부에노스아이레스에서 오래된 가게를 만나면 괜히 반갑습니다. 몬데비데오 거리에 자리 잡은 '피포Pippo'는 1937년에 문을 연 서민적인 이탈리아 레스

토랑입니다. 우동처럼 두툼한 파스타가 일품입니다. 그리고 아르헨티나 전통 디저트 '둘세 데 레체Dulce de Leche'(캐러멜이라는 뜻)는 단 걸 좋아하는 사람에겐 천국의 맛입니다. 10년, 20년이라면 몰라도 100년을 넘은 가게라면 맛이나 분위기에 별다른 말을 할 필요가 없어집니다. 오래된 맛이란 결국 변하지 않는 맛이기도 합니다.

에스토니아 탈린에 자리 잡은 중세 식당 '올데 한자Olde Hansa'도 한결같은 맛을 자랑합니다. 앞에서도 잠깐 소개했지만 에스토니아는 여전히 낯섭니다. 하지만 스카이프 하면 잘 압니다. 인터넷 무료 전화 스카이프는 2003년 에스토니아 출신 연구원 네 명이 함께 개발하였습니다. 에스토니아는 인구 130만 명이 조금 넘는 작은 나라이지만 IT 강국입니다. 이미 1990년대 초반부터 'E-에스토니아'를 내세우며 디지털로 통하는 사회를 준비하였습니다. 2007년 세계 최초로 전자 선거를 실시하였고 2012년 인터넷 다운로드 속도 1위를 기록하였습니다. 전자주민증으로 접속하면 정부가 내 개인정보를 어떻게 이용하는지 바로 확인도 할 수 있습니다. 또한 온라인으로 등록하면 '18분' 만에 회사를 세울 수도 있습니다. '기술이 시민의 힘을 늘린다'는 표어 아래 온라인을 통해 시민 참여를 높이면서 아울러 행정에 드는 불필요한 시간은 과감하게 줄여 나갔습니다. 또한 학교에서 컴퓨터 프로그래밍 교육을 의무화하여 어릴 때부터 IT와 친해지도록 하였습니다. 이런 분위기에서 스카이프가 탄생하였습니다. 덕분에 1997년에 도시 전체가 세

계문화유산으로 등재된 탈린의 올드 타운에서도 와이파이는 빵빵하게 터집니다.

하지만 딱 한 군데, 이곳 올데 한자만은 예외입니다. 와이파이는 고사하고 전기도 없이 촛불로 실내를 밝히는 이곳에 오면 타임머신을 탄 기분입니다. 중세 복장을 그대로 갖춘 종업원들이 중세 시대처럼 음식을 토기 그릇에 담아 옵니다. 자부심 가득한 사장은 한술 더 떠서 "워낙 오래된 건물이라 조상의 영이 떠돌아 다녀. 가끔 멋모르고 들어온 손님한테 빙의가 되기도 한다구. 그게 당신일 수도 있어"라며 호들갑을 떨었습니다.

모든 음식을 책임지는 주방장인 마누는 철저하게 중세 방식으로 요리를 합니다. 토마토, 감자, 호박은 신대륙이 발견된 뒤에 유럽으로 건너왔기 때문에 일절 사용하지 않습니다. 대신 최고급 향료인 사프란을 듬뿍 넣어 노랗게 밥을 지었고 이름도 독특한 '중세 시의원의 저녁만찬' 요리는 멧돼지 고기를

213

넘비에 넣고 시나몬을 뿌린 뒤 숯불에 오랫동안 끓여 만들었습니다. 그는 "여긴 디지털 기술이 잘 발달되어 있지. 편리하긴 한데 가끔씩 영혼이 빠져 있다는 기분이 들어. 그래서 전통적인 방식에 더 매달리는지도 몰라"라고 조용히 이야기했습니다. '중세 시의원의 저녁만찬'이 숯불 위에서 익어가는 동안 오보에를 닮은 악기로 연주하는 음악을 들으며 꿀이 듬뿍 든 맥주를 마누와 함께 홀짝거렸습니다. 식사를 한 뒤 아이패드로 그의 얼굴을 그려 선물로 주었습니다. 여기서는 와이파이가 안 됐지만 문밖에만 나가면 다시 빵빵 터졌으니까요.

빈탕과 KFC 그리고 완벽한 맥주에 대하여

━━━

똑같은 음식이라도 어디서 먹느냐에 따라 맛도 달라집니다. 재료의 신선함 덕분인지 손맛 덕분인지 모르겠지만 국경이라는 보이지 않은 선이 맛까지 좌우합니다. 나시고랭은 자카르타, 팟타이는 방콕, 오렌지는 마드리드, 올리브는 아테네 그리고 쇠고기는 아르헨티나에서 먹어야 제맛입니다. 그래서 무라카미 하루키도 이탈리아만 오면 파스타가 유독 맛있어지는 데 대해 음식이란 결국 "공기 포함인 것" 같다며 섬세하게 짚어냅니다.

인도네시아 술라웨시 섬을 다니면서 머릿속에 '손이 시릴 만큼 시원한 맥주를 들이켜고 싶다'는 생각이 떠나본 적이 없

었습니다. 인도네시아는 이슬람 국가이고 무슬림은 술을 마시지 않습니다. 그래서 힌두교도가 대부분인 발리를 빼고 다른 섬에는 맥주 파는 곳이 무척 드물었습니다. 비록 '빈탕'(별이라는 뜻)이 인도네시아에서 생산되고 있지만 말 그대로 하늘의 '별' 따기였습니다. 40도가 넘는 적도의 열기는 몸속의 수분을 금세 앗아가버렸습니다. 목이 마르면 물이 필요하건만 머리는 맥주, 맥주를 외쳤습니다. 편의점이 보일 때마다 빈탕을 찾았습니다만 번번이 허탕을 쳤습니다. 그런데 한 편의점 냉장고에서 빈탕을 발견하였습니다. 무슨 보물이라도 찾은 듯 "야호!" 소리를 질렀습니다. 계산을 하자마자 손을 부르르 떨면서 캔을 땄습니다. 그리고 고개를 한껏 젖힌 뒤 시원하게 쏟아부었습니다.

하지만 웬걸, 미원 맛이 물씬 풍겼습니다. 뭐야 이거. 자세히 보니 빈탕은 빈탕인데 무알콜이었습니다. 무설탕 콜라는 참아도 무알콜 맥주는 참을 수 없었습니다. 이건 맛의 문제를 떠나 본질의 문제입니다. 냅다 쓰레기통에 던지고 한참 씩씩거렸습니다. 입맛만 버린 채 호텔로 돌아왔습니다. 호텔 직원에게 물으니 빈탕을 살 수 있다고 귀띔해주었습니다. 직원에게 부탁해 오토바이를 얻어 타고 맥주를 파는 가게로 갔습니다. 가게라기보다 창고에 가까웠습니다. 간판도 없었습니다. 안으로 들어가니 마치 무기나 마약을 거래하는 홍콩 영화 촬영장 세트처럼 보였고 일하는 사람들도 완벽하게 분장을 마친 배우들처럼 보였습니다. 얼른 '병' 빈탕을 사서 호텔로 돌아

왔습니다. 냉장고가 없어 '히야시'가 되지 않았지만 얼음을 띄
워 마시니 신들의 음료인 넥타가 따로 없었습니다. KFC의 치
킨까지 곁들여 먹으니 더할 나위 없이 완벽한 한 끼가 되었습
니다. KFC 로고가 인쇄된 연두색 종이에 싼 쌀밥과 함께 먹는
맛도 남달랐습니다. 전 세계 어디를 가든 KFC나 맥도날드, 스
타벅스는 운명처럼 다시 만나게 되어 있나 봅니다. 술라웨시
섬의 시골마을인 블루쿰바 쇼핑몰 한가운데 호날두가 KFC 닭
다리 세트를 들고 환하게 웃고 있었습니다. '아 또야? 호날두
가 여기까지 오다니 대단하구나'라는 씁쓸한 생각도 들었지만
사실은 무척 반가웠습니다. 평소엔 정크 푸드네, 초딩이나 좋
아하는 음식이네, 칼로리 폭발이네 하며 거들떠보지도 않았지
만 블루쿰바의 작은 호텔방에서 먹은 KFC는 달랐습니다. 돌
이켜보면 그날 우린 '프라이드 치킨'을 먹은 게 아니라 깨끗하
고 쾌적한 도시에 대한 기억을 맛본 것이었습니다. 떠나온 곳
에 대한 그리움은 입맛까지 바꿔버립니다.

　인도네시아 빈탕이 끝내줬다면 케냐의 터스커Tusker는 완
벽했습니다. 머리카락을 태울 듯이 불을 뿜는 햇살과 땀마저

빨아들일 정도로 바싹 마른 공기는 그야말로 완벽한 더위였습니다. 그 아래 들이켜는 맥주 또한 완벽할 수밖에 없었습니다. 터스커가 얼마나 잘 만든 맥주인지는 그리 중요하지 않았습니다. 케냐는 맥주 애호가를 위한 완벽한 장소이며 여기서 마시는 맥주는 언제나 정답입니다. 그래서인지 광고도 "Bia Yangu, Nchi Yangu"(나의 맥주, 나의 조국)이라며 한껏 자신감이 넘칩니다.

이곳에서 맛본 맥주 맛이 얼마나 짜릿했으면 케냐 공항에서 터스커 로고가 새겨진 빨간 티셔츠까지 사 왔겠습니까. 맥주가 당기는 여름밤에 주로 챙겨 입습니다. 그러면 무슨 부적이나 되는 듯 눈앞에 찰랑거리는 생맥주가 더 시원해지는 기분입니다. 눈물 나게 찬 맥주 한 모금을 넘기는 순간에는 「신세기 에반게리온」의 가쓰라기 소령이 떠오릅니다. 그녀는 목욕을 마치고 수건만 걸친 채 냉장고에서 캔맥주를 꺼냅니다. 벌컥벌컥 들이켠 뒤에 눈물을 찔끔 흘리며 "캬아~" 소리를 내며 "역시 인생은 이런 맛에 산다니까!"라고 소리칩니다. 맛있는 맥주가 어떤 건지 보여준 가장 완벽한 장면입니다. 참고로 그녀가 마시는 맥주는 에비스, 『맛의 달인』에서 극찬한 바로 그 맥주입니다.

우리나라 맥주는 맛없다는 소리를 종종 듣습니다. 정말 맛이 형편없을 수도 있지만 인도네시아나 케냐처럼 맥주에 그리 어울리는 장소가 아니라 억울할 수도 있겠다는 생각이 들었습니다.

딱 입에 넣은 만큼만
상상하게 된다

「개그 콘서트」의 '대박' 코너들이 왜 웃긴지 설명하는 순간 웃음은 달아나 버립니다. 음식도 마찬가지입니다. 음식을 말로 묘사할수록 맛과 향은 사라집니다.

호주 퀸즐랜드 브리즈번 항구 근처 식당에서 캥거루와 악어 고기를 처음 먹어보았습니다. 캥거루는 붉고 악어는 하얬습니다. 어떤 맛이었는지 굳이 설명하자면 '캥거루는 쇠고기에 가깝고 악어는 닭고기 맛이 남'으로 끝입니다. 새로운 음식의 맛을 알려주려면 익숙한 음식에서 비슷한 맛을 찾아야 합니다. 그러니 아무리 새로운 걸 먹어도 결국 닭고기, 쇠고기, 돼지고기 맛이 난다고 설명할 수밖에 없습니다. 만약 캥거루 고기가 '플로레스 섬에서 먹었던 코모도왕도마뱀 맛이 난다'라고 하면 무슨 맛인지 더욱 알아채기 어려워집니다. 아직 먹어보지 못한 음식의 맛은 직접 먹어보기 전까지는 알 수 없습니다. 맛에 대한 상상력도 결국 먹어본 음식까지입니다. 아무리 TV나 책을 보고 다른 사람 이야기를 들어봐도 맛에 관한 간접경험은 무용합니다. 평생 김치와 된장찌개 사이만 왔다 갔다 한다면 실제 맛은 물론 상상의 맛까지도 딱 그만큼에서 끝납니다. 새롭고 낯선 음식의 향을 맡고 입에 넣어 씹고 삼켜봐야 나의 상상력도 그만큼 넓어집니다.

다른 문화를 이해하는 한 가지 방법이 있다. 실제로 살아보는 것. 그 문화 속으로 이사하여, 손님으로 받아달라고 부탁해서 언어를 배운다. 어떤 순간이 되면 이해가 찾아온다. 이해는 언제나 비언어적이다. 무엇이 낯선 것인지 이해하게 되는 순간, 설명하려는 충동을 잃어버린다.

_페터 회, 『스밀라의 눈에 대한 감각』(박현주 옮김, 마음산책, 2005)

떠나는 이유

음악에도
편식이 있다

찰리 헤이든 Charlie Haden
비스코이투 피누 Biscoito Fino**의 음반들**

웬만하면 잘 먹는 편이어서 해외에 나가도 물갈이를 하거나 김
치를 찾지는 않습니다. 굳이 못 먹는 음식을 고르라면 개고기
정도. 그것도 즐기지 않는 것뿐입니다. 하지만 좋아한다고 다 먹
기 좋은 건 아닙니다. 아무리 떡볶이를 좋아해도 '맛있는 떡볶
이'가 있습니다. 떡이 퍼지거나 고추장을 많이 넣어 텁텁하거나
너무 달면 한 끼를 낭비했다는 생각에 묵혀둔 화까지 치밀어 오
릅니다. 재료의 신선함만큼이나 제대로 요리가 됐느냐, 아니냐
에 따라 먹고 못 먹고가 결정됩니다.

음악은 여러모로 음식과 닮았습니다. 맛에 대한 취향—이
를테면 달면 삼키고 쓰면 뱉는다, 물컹거리면 아웃이다, 샐러드
는 좋지만 데친 나물은 별로다 등등—이 사람마다 다르고 분
명한 것처럼요. 전 음악에 대해서는 음식만큼 너그럽지 못합니
다. 비싼 록페스티벌 입장권을 공짜로 받아도 '꼭 가야 하나'라
며 다른 핑곗거리를 찾습니다. 하지만 재즈 콘서트라면 데이트
까지 포기하고 갈 마음이 있습니다. 그렇다고 록보다 재즈가 더

위대하는 말은 아닙니다. 순대—보다는 딸려오는 허파와 간을 더—를 좋아한다고 떡볶이 고추장에 버무린 오뎅을 무시하지 않듯 말이죠. 어쨌든 음악 편식은 조금 심합니다.

재즈 음반 중에서도 먼저 찰리 헤이든의 앨범이라면 일단 사고 봅니다. 그리고 브라질 레이블 '비스코이투 피누'('얇은 과자'라는 뜻인데 역시 먹는 거네요)의 음반들 역시 웬만하면 삽니다. 이 레이블 덕분에 이반 린스Ivan Lins도 알게 되고 제레나투 앤 바그네르 티수ZéRenato & Wagner Tiso라는 낯설지만 달콤한 아저씨들도 알게 되었습니다.

늘 먹는 된장찌개에 넌더리가 나면 사프란과 정향이 들어간 낯선 음식을 꿈꾸며 떠나게 됩니다. 나이가 들수록 경치보다는 먹는 것에 대한 욕구와 호기심이 강해집니다. 그래서인지 낯선 도시에 들어서면 뭐든 일단 입에 넣고 삼키고 보는 게 '몬도가네'로 뛰어든 기분이 듭니다. 하지만 여행을 마치고 집에 돌아오면 어김없이 라면부터 끓입니다. 찰리 헤이든이 여행 뒤에 후루룩거리는 라면처럼 변하지 않는 입맛이라면 비스코이투 피누는 처음에는 낯설어도 결국 게걸스레 흡입하는 이국적인 만찬에 가깝습니다.

나의 신사, 찰리

찰리 헤이든이 연주하는 음악을 듣고 있으면 말끔한 신사가 해맑은 얼굴로 내 이야기를 들어주는 기분이 듭니다. 특별한 충

CHARLIE HADEN

BISCOITO FINO
FROM RIO DE JANEIRO

고나 도움을 주지 않아도 괜찮습니다. 그저 함께 있는 것만으로 충분합니다. 키스 재럿, 팻 메스니는 그의 동료이자 열렬한 팬이었습니다. 그는 2014년에 죽었습니다. 더 이상 그의 새로운 음악을 들을 수 없어 몹시 안타깝습니다.

비스코이투 피누의 바삭거림

이곳은 ECM 레이블처럼 앨범 커버에도 무척 신경을 씁니다. 가끔 커버 사진에 끌려 음반을 고른 적도 많습니다. 1993년 리우 데자네이루에서 시작된 이 레이블은 브라질에서 최고 수준의 음악가들이 모여 음반을 내고 있습니다. 만약 보사노바나 삼바, 안토니오 카를로스 조빔으로 브라질 음악을 시작했다면 비스코이투 피누는 '바삭거리는' 색다른 맛으로 귀를 사로잡을 겁니다.

일곱.
방송.

두 눈으로 경험하고
외눈으로 기록하기.

널   천 사 로
만 들 어 줄 게
——

"형, TV로는 더운 거 안 나와요. 습한 것도 안 나오고 지독한
냄새도 안 나요. 형이 어떻게 '반응하느냐'에 따라 시청자들이
미루어 짐작하는 것뿐이라구요."

　공기를 쥐어짜면 물이 주르륵 흘러내릴 것 같은 습도를 견
디며 40도 가까운 더위 아래서 코모도왕도마뱀을 찾아 밀림을
걷고 또 걸었습니다. 카메라를 의식하며 애써 웃어보려고 했
지만 몸을 속이기란 쉽지 않았습니다. 보다 못한 오 PD가 한
소리 했습니다. 시청자들은 햇살과 풍경이 끝내주는 '천국'까
지 와서 왜 얼굴을 잔뜩 찡그리는지 절대 공감하지 못할 거라
했습니다. 제 입장에서 억울하긴 했지만 틀린 말은 아니었습
니다. 아무리 생생하게 찍어도 안방에 끈적끈적한 열대의 비
가 내리거나 땀 냄새가 풍기지는 않습니다. 그래서인지 소파
에 누워 시원한 맥주를 홀짝거리며 여행 프로그램을 보고 있
으면 마치 천사가 된 기분이 듭니다.

230

　마셜 맥루언은 매체에 빠진 육신 없는 인간들이 등장하리라는 걸 이미 1960년대에 예견하였습니다. '앤젤리즘Angelism'이라는 말로 정의하는데 이런 육체와 분리된 '전자적' 인간은 환상과 꿈 사이 어딘가를 좋아하고 무의식과 의식의 경계를 넘나든다고 합니다. 앤젤리즘에 빠질수록 페로몬이나 목소리와 몸짓, 인간관계 따위의 직접적인 경험과는 거리가 멀어집니다.

　그런데 실제로 떠나 보면 이것들이 가장 필요한 덕목입니다. 사람을 만나 친해지고 목소리와 몸짓으로 이야기 나누고

페로몬으로 보이지 않는 매력을 뿜어내야 합니다. 여행 프로그램의 주인공인 여행 큐레이터가 이렇게 '살맛'을 풍길수록 시청자들은 안방에서 더욱 흥미진진하게 여행을 즐길 수 있습니다. 아무리 제가 출연한 프로그램이라도 쓸데없이 인상을 쓰거나 살갑지 못하면 저 역시 지루해집니다. 그래서 저도 모르게 인상을 쓰면 지적해달라고 오 PD에게 부탁하고 어금니 꽉 깨물고 웃었습니다.

2012년 가을, 방송 촬영차 처음으로 스페인과 그리스를 다녀왔습니다. 한 케이블 방송국에서 기획을 맡고 있는 친구가 제게 '유럽발發 경제위기를 취재해보자'라고 제안하였습니다. 대학에서 경제학을 전공하긴 했지만 수요와 공급 곡선만 어렴풋하게 기억날 뿐이었습니다. 은행이나 보험회사에서 일하는 동창 녀석들이 영어로 된 약어를 써가며 무슨 세계 경제를 좌지우지하듯 자기들끼리 숙덕거릴 때 말없이 맥주만 들이켜는 게 저입니다. "네가 문외한이라서 섭외한 거야. 보통 사람의 눈으로 본 경제 위기. 이게 콘셉트니까 모를수록 더 좋아." 그 뒤로 꾸준히 촬영 섭외가 들어와 에스토니아와 아르헨티나 그리고 인도네시아까지 다녀왔습니다.

경제학을 전공했지만 엉뚱하게 그림으로 먹고살고 있어서 방송 일을 넘보는 게 그리 부담스럽지는 않습니다. 하지만 다른 프로그램도 아니고 유독 여행에만 집착하는 건 딱 한 가지 이유입니다. 우연히 TV에서 보았던 한 여행 큐레이터 유성용의 웃음을 잊을 수 없기 때문입니다. 그가 네팔에서 찍은 프로

그림을 보며 '히말리야 언덕에 올라 거센 바람을 맞으며 나도 저런 미소를 띠고 싶다'라는 마음이 들었습니다. 그 뒤로 그가 어디를 어떻게 여행하는지 그가 출연한 프로그램을 찾아 유심히 지켜보았습니다. 그가 쓴 책도 빠짐없이 읽어보았습니다.

> 나는 슬리퍼를 신은 채로 해바라기 씨앗 한 봉지를 들고서는 인적 없는 산길을 어슬렁거렸다.

_유성용, 「여행생활자」(사흘, 2012)

이런 평범한 문장에도 괜히 화가 치밀었습니다. '저 사람도 하는데 나라고 못할까!' 그때 치밀던 '화', 그 부러움이 친구가 제안하기 훨씬 전부터 저를 여행 큐레이터로 이끌었나봅니다. 앞으로 저도 누군가를 화나게 하고 싶습니다. 그리고

233

이런 칭찬도 받고 싶습니다. 꿈은 야무져야 제맛이니까요.

만약 당신이 여행을 사랑한다면 밥장을 사랑해야만 해. 당신은 여행을 좋아하지만 유성용은 좋아할 수 없을지 몰라. 한비야를 좋아하지 않을 수도 있지. 하지만 여행을 사랑하면서 밥장을 사랑하지 않는 것은 불.가.능.해.

_제프 다이어, 『그러나 아름다운』(한유주 옮김. 사흘, 2013) 166쪽 문장을 변형해서 씀

바르셀로나 햇살 아래, 돈의 그림자와 마주치다
▬

"단순히 관광을 다니는 것보다 취재를 하는 게 훨씬 재미있을 거야."

오후 촬영을 마치고 마드리드에서 만난 현지 코디네이터와 태양의 광장에서 갓 구운 스테이크를 오물거리며 중고등학교 시절 이야기를 나눌 때였습니다. 반바지와 나비넥타이를 매고 처음 무대에 섰던 중학교 합창단 이야기를 꺼내니 그의 눈이 반짝거렸습니다. '혹시……'라며 제게 물어보았는데 그 또한 저와 같은 중고등학교에서 합창단을 한 선배였습니다.

마드리드에서 비행기로 바르셀로나까지 간 뒤 다음 날 아침 일찍 일어나 선배와 함께 시내를 돌아다녔습니다. 카탈로니아 은행 앞에서는 벌써부터 시위를 하고 있었습니다. 낭창낭창하기로 소문난 카탈루냐 사람들이 '강제 퇴거 그만!'이라

234

는 문구가 프린트 된 티셔츠 차림에 팻말을 들고 확성기에 대고 구호를 외치는 모습은 무척 낯설었습니다. "돈만 아는 은행이 가족을 파괴한다" "은행은 주택 융자로 도둑질하고 사기 친다" "부패한 은행가들!" "강제퇴거는 그만"이라고 적힌 포스터를 은행 창문에다 붙였습니다. 구호를 외치고 포스터를 붙이고 유인물을 나눠주는 등 부산스러운데 그 모습이 서툴기 그지없었습니다. 그래서인지 더 절박해 보였습니다.

시위를 이끄는 강제 퇴거 반대 지부장은 평범한 아주머니로 자신은 고공 크레인 기사로 일했고 남편도 건설회사에서 일했답니다. 경기가 좋을 때는 건설 경기도 덩달아 좋아 월급도 많이 받았다고 하였습니다. 은행에서도 척척 돈을 빌려주어서 집을 담보로 대출을 받아 집을 샀고 대출금과 원금은 월급으로 꼬박꼬박 갚았습니다. 그런데 경제 위기가 닥치기 전부터 건설 경기가 주춤거렸고 결국 부부는 모두 직장을 잃었습니다. 소득이 없으니 대출금과 원금을 갚기가 어려워졌습니다. 설상가상으로 담보 대출로 산 집도 반값으로 떨어졌습니다. 빚을 못 갚으니 집은 경매로 넘어갔고 경기가 나빠 살 사람이 없으니 유찰되었습니다. 그러자 은행은 제3자에게 채권을 넘겼고 채권을 물려받은 회사는 대출한 원금의 절반을 '당장' 갚지 않으면 쫓아내겠다고 으름장을 놓았습니다. 궁지에 몰린 나머지 담보로 잡힌 집을 돌려줄 테니 원금과 이자를 탕감해달라고 했지만 소용없었습니다. 이렇게 평범한 중산층 가정은 하루아침에 직장도 없고 집도 없고 빚만 남은 극빈층으로 전락하고 말았습니다. 그래서 거리로 나와 은행 앞에서 시위하게 된 것이었습니다. "자본주의란 게 원래 그래. 강한 것이 약한 것을 집어삼켜 버려. 그래도 웃지 않으면 못 견뎌. 그래서 애써 웃는 거야." 진짜 무서운 건 귀신도 괴물도 아니었습니다. 돈이었습니다. 신용이란 번듯한 얼굴 뒤에 감춰진 부채, '빚'이었습니다. 가우디의 도시 바르셀로나에서 공포영화보다 더 무서운 돈 이야기를 만났습니다.

선배와 함께 바르셀로나 거리를 돌며 사람들을 더 만났습니다. 택시 기사에게 묻기도 하고 식당에서 일하는 종업원을 만나기도 했습니다. 왕립학회의 석학에게도 물어보고 정부의 긴축재정을 반대하며 시위하는 청년에게도 물었습니다. 수많은 이야기를 했지만 그들의 반응은 한결같았습니다.

"우리가 어쩌다가 이렇게 되었을까?"

왕립학회에서 만난 푸엔테스 교수는 제게 이런 말을 건넸습니다. 그는 1921년에 태어나 거의 한 세기 가까이 살아온 분이었습니다.

"밥장 씨는 그림을 그리잖아요. 세상에 일어나는 일들을 그림으로 '정확하게' 보여주세요. 개인의 문제보다 사회 전체의 문제를 해결해보도록 하세요."

말씀은 고마웠지만 어떻게 사회 문제를 그림으로 보여줄 수 있을지 막막했습니다. 수많은 질문을 던졌지만 답은 저 멀리 있었습니다. 거리에서 만난 시민들은 예외 없이 친절하고 부드러웠습니다. 거리는 깨끗하고 음식은 푸짐했으며 공기는

상큼했지만 복잡한 마음으로 밤 비행기를 타고 마드리드로 돌아왔습니다. 하루 종일 통역과 섭외로 지칠 법도 한데 선배는 제 마음을 읽었는지 카페에 들러 말없이 에스프레소를 함께 마셨습니다.

좀 더 앞 으 로
좀 더 가 까 이

▬

고집스러울 만큼 너클볼을 던진 전 메이저리그 투수 R. A. 디키는 투수가 갖춰야 할 가장 중요한 자질로 '기꺼이 상대 타자와 겨뤄보겠다는 태도'를 꼽았습니다. 여행 프로그램을 만드는 제작진들이라면 고개를 끄덕거릴 말입니다.

아르헨티나 북부 살타에서 기차를 탔습니다. 'Tren a las Nubes', 우리말로 구름기차였습니다. 해발 4,200미터까지 올라가고 계곡에 놓인 철교를 건널 때면 발 아래 '구름'이 깔립니다. 내부는 여느 기차와 크게 다를 바 없었습니다. 기차 안은 나이나 국적에 상관없이 구름 위를 달려보고 싶은 승객들로 가득 찼습니다. 모두 설렘과 호기심이 가득한 표정으로 허클베리 핀이라도 된 듯 보였습니다. 기차는 시속 35킬로미터로 느긋하게 달렸습니다. 조끼를 입은 승무원들은 커피와 함께 튀김만두와 비슷하게 생긴 엠파나다를 내왔습니다. 2,000미터가 넘는 고산지대로 들어서자 풍경은 붉게 바뀌었고 까슬까슬한 먼지가 햇살에 반짝거리며 날아들었습니다.

공기가 희박해지자 승객들은 가벼운 멀미 증상을 겪으며 하나둘씩 쓰러져 잠들었습니다. 흰 가운을 입은 의료진들은 복도를 돌아다니며 승객들의 상태를 체크하였습니다. 해발 3,500미터에 이르자 갑자기 앞에 탄 승객이 바닥에 쿵 쓰러졌습니다. 아내와 함께 이탈리아에서 온 할아버지였는데 낯빛은 이내 시멘트처럼 변했고 무척 고통스럽게 숨을 내쉬었습니다. 다급해진 할머니는 애타게 도움을 청했고 곧바로 의료진이 달려와 산소마스크를 씌웠습니다. 오 PD는 어느새 할아버지 곁에 바싹 다가가 이 모든 상황을 흔들림 없이 카메라에 담았습니다. 함께 간 코디네이터는 무척 놀란 표정으로 오 PD에게 "지금 뭐 하는 거냐"라며 조용히 따졌습니다. 그는 사람이 아파하는데 카메라를 들이대는 게 도무지 이해되지 않는다는 표

Tren a las nubes

정이었습니다. 오 PD는 의료진이 필요한 조치를 다 했듯이 나도 이 모습을 카메라에 담으며 제 할 일을 하는 거라고 맞섰습니다. 다행히 할아버지는 금세 컨디션을 회복하였습니다. 헤어지기 전에 할아버지는 오늘 구름기차 '제대로' 탔다며 웃었습니다.

코디네이터와 오 PD는 살타로 돌아오는 내내 이야기를 나누었습니다. 이탈리아 할아버지 사건은 결국 편집 뒤 방송에는 나가지 못했습니다. 누가 맞는지 모르겠지만 그 일이 있은 뒤로 저 또한 촬영 태도가 조금 바뀌었습니다. '더 대담해져도 괜찮아. 내 뒤에는 코디가 있고 촬영감독이 있고 PD가 있으니까. 그러니 조금 더 앞으로 조금 더 가까이 가면 되는 거야.' 희박하고 건조한 공기, 바삭거리는 소금밭, 아사도의 맛, 할아버지의 선한 눈빛을 '보여주려면' 그저 바짝 다가가는 수밖에 없습니다. '안 그러면 PD나 촬영감독이 앞으로 더 가라고 시킬 텐데 차라리 먼저 하자. 나도 남자인데 말이야.' 미국에서 로봇을 만드는 한인 공학자인 데니스 홍은 "영어로 생활

하는 게 어렵지 않았다. 주눅 들지 않아서"라고 말한 바 있습니다. 저 역시 더 이상 주눅 들지 말자고 다짐했습니다. 전쟁영화에 흔히 나오는 대사처럼 '내 등 뒤를 맡길 친구들'이 생겼기 때문입니다.

등 뒤 를 맡 긴
밴 드 오 브 브 라 더 스

오 PD ㅣ「세계테마기행」 촬영으로 아르헨티나와 인도네시아 순다열도를 함께 다녀왔습니다. 겉과 속이 똑같아 종종 성질 더러운 PD로 오해받습니다. 욱하는 성질만큼이나 열정도 넘칩니다. 숨겨진 비밀의 땅과 루이뷔통을 좋아합니다. 진짜 '차도남'은 자기라고 우기지만 고향은 전북 부안입니다.

최 PD ㅣ QBS 특집으로 에스토니아에 함께 다녀왔습니다. 오래도록 준비하면서 차곡차곡 쌓아가는 '흰개미집'형 PD입니다. 절대 화를 내거나 삐치는 법 없이 출연자를 다독거리며 감싸줍니다. 스스로 저작권을 관리하며 독립적으로 해외 판권 거래를 마무리하는 등 우리나라에서 독립 PD가 어떻게 해야 살아남을 수 있는지 몸소 보여줍니다.

김 PD ㅣ 유럽발 경제위기를 취재하러 스페인과 그리스, 뉴욕을 함께 다녀왔습니다. 오랫동안 우리나라의 유흥과 밤 문화

에 관한 다큐멘터리를 찍었습니다. 그래서인지 언제 어디서든 그림자처럼 스며들어 별다른 마찰 없이 찍을 거 다 찍는 스타일입니다. 전화도 안 되는 외딴 곳에서 야생 다큐멘터리를 찍기도 하였습니다. 김 PD에게는 도시도 정글, 정글도 도시인 셈인가 봅니다.

박 촬영감독 ┃ 하루 종일 말을 해도 잘 모르겠는 사람이 있고 몇 마디 안 해도 충분히 알 수 있는 사람이 있습니다. 그는 카메라를 잡으면 몸동작까지 과묵해집니다. 촬영하다 뭔가 마음에 들지 않으면 저 혼자 쌍욕을 하는데 은근 카리스마 있습니다. 하지만 출연자에겐 언제나 "형님. 형님" 하면서 살갑게 대해줍니다.

한 촬영감독 ┃ 풍기는 인상이나 옷차림만 보면 분명 시골에서 자랐을 법한데 강남에서 자란 뼛속까지 도시 남자입니다. 인도네시아 촬영 때 앞주머니에 항상 선크림을 넣어 다니며 세 시간에 한 번씩 꼬박꼬박 발랐습니다. 물을 무척 싫어하고 위험한 현장이다 싶으면 살피고 또 살폈습니다. 늘 촬영 시간이 모자라다고 투덜거렸지만 끝나고 나면 섬세한 영상으로 모두를 깜짝 놀라게 하였습니다.

하 작가 ┃ 제가 쓴 『밤의 인문학』을 읽고 강연까지 찾아온 팬입니다. 「세계테마기행」에 출연하게끔 팬심으로 힘을 써주었습니다. 처음에 저를 추천했을 때 방송국에서는 다른 출연자는 어떻겠느냐고 했지만 박박 우겼다고 귀띔해주었습니다. 입에 착착 붙게끔 원고를 써서 제 입에서 나오는 말처럼 자연스러웠습니다. 인도네시아 편에서는 단독 인터뷰 장면을 최대한 많이 살렸다며 은근 생색도 냈습니다.

코모도왕도마뱀한테도 멍석은 깔아줘야지

━━

코모도왕도마뱀은 『마지막 기회』를 읽고 처음 알게 되었습니다. 『은하수를 여행하는 히치하이커를 위한 안내서』라는 괴작을 쓴 더글러스 애덤스가 마크 카워다인이라는 사람과 함께 코모도왕도마뱀, 저어새, 코뿔소, 고릴라, 카카포, 양쯔 강 돌고래 등 멸종위기동물을 찾아 나선 이야기입니다. (『마지막 기회』는 한국어판 초판이 우리나라에선 한동안 멸종 위기 동물처럼 접하기 힘들었었는데 찾아보니 원서 출간 20주년을 기념해 2010년에 『마지막 기회라니?』라는 제목의 개정판이 나왔더군요.)

그는 코모도왕도마뱀을 만나기에 앞서 코모도 섬까지 가는 여정이 얼마나 '빡센지' 설명하느라 한참 뜸을 들입니다. 읽다 보면 '그래서 뭐, 코모도왕도마뱀은 도대체 언제 만날 건데'라며 저도 모르게 초조해집니다. 이른바 '니주'를 제대로 깝니다. '니주'란 방송하는 사람들끼리 쓰는 은어로 일본어로 이중, 겹침, 중복이라는 뜻입니다. 어느 정도 높이로 깐 무대

나 깔판 자체를 말합니다. 그래서 '니주를 깐다'라고 하면 본격적인 이야기에 앞서 뜸을 들인다, 멍석을 깐다는 의미로 쓰입니다. 저도 처음에는 무슨 말인지 몰랐습니다. "형. 코모도 섬까지 가는 여정이 쉬우면 재미있겠어? 또 섬에 도착하자마자 선착장에 코모도왕도마뱀이 뿅 튀어나오면 그게 뭐야. 너무 허무하잖아."

아르헨티나 촬영을 마치고 편집실에 들렀을 때 오 PD는 이 말에 이어, 편집 대신 '쪼아준다'라는 말도 자주 썼습니다. "니주 깔고 경치 한 번 빡 보여주면서 쪼아주고 그리고 다시 사람들 만나서 풀어주고…… 쪼았다 풀었다 이렇게 가야죠. 형님." 한창 편집 중인 이구아수 영상을 보여주면서 오 PD는 촬영 판의 은어들을 폭포수처럼 쏟아냈습니다.

라부안바조에서 배를 타고 린카 섬과 코모도 섬을 차례로 들렀습니다. 코모도왕도마뱀은 수영도 썩 잘합니다. 하지만 물에 오래 있으면 체온이 떨어져 500미터 이상 헤엄치는 건 어렵다고 합니다. 최고의 포식자인데도 외따로 떨어진 섬 밖으로 벗어날 수 없는 이유가 아닐까 싶었습니다. 코모도 섬은 20세기 초 네덜란드 비행사가 불시착하기 전까지만 해도 비밀의 섬이었습니다. 석 달 뒤 구조된 그가 섬에서 온몸이 비늘로 덮인 거대한 식인괴물을 봤다고 했을 때 미친 사람 취급하며 아무도 믿지 않았습니다. 만약 천적이 없는 타고난 사냥꾼이 대륙을 돌아다니며 인간을 위협했다면 벌써 그들은 멸종되었을 겁니다. 하지만 천형처럼 섬에 갇혀버린 게 오히려 살 길이

되었습니다. 섬에는 사슴, 멧돼지, 버팔로처럼 맛있는 식사거리가 널려 있었습니다. 코모도왕도마뱀은 먹잇감이 지나가는 길목에 미리 꼼짝 않고 매복해 있다가 잠들 때 슬며시 다가가 콱 물고 빠집니다. 물리면 50여 가지의 박테리아가 있는 침과, 턱밑의 독이 퍼지며 피가 멈추지 않아 서서히 죽습니다. 어차피 섬이라 사냥감이 도망갈 데도 없어 코모도왕도마뱀은 느긋하게 기다립니다. 먹잇감에 크게 집착하지도 않습니다. 다른 녀석들도 사냥하고 있으니 내가 잡은 걸 먹으나 다른 놈이 한 걸 먹으나 상관없기 때문입니다. 하지만 배가 고플 때는 아무리 새끼라도 눈앞에 어른거리면 한입 거리로 가차 없이 삼켜버립니다.

레인저(현지 안내원을 이렇게 부릅니다)를 따라 섬 꼭대기에 올라가니 나무 한 그루 없이 온통 바위뿐이었고 하늘은 뻥 뚫려 있었습니다. "아침에 오면 코모도왕도마뱀들이 여기서 선탠을 해. 변온동물이라서 밤에 떨어진 체온을 끌어올려야 하거든." 그리고 바위 틈 사이에 있는 하얀 가루로 된 덩어리를 가리켰습니다. 자세히 보니 분필처럼 고운 가루였고 그 위로 털 뭉치들이 붙어 있었습니다. "녀석들의 똥이야. 살코기뿐만 아니라 골수까지도 완벽하게 소화해서 털하고 뼛가루만 남아. 간혹 벌집처럼 생긴 가죽도 보이는데 녀석들의 가죽이지. 자기들끼리도 아무렇지 않게 잡아먹거든."

냉혹한 사냥꾼처럼 보여도 왕도마뱀은 한 달에 딱 두 번 사냥합니다. 나머지는 게으르고 지루하고 냄새를 풍기는 미련

한 모습으로 돌아갑니다. 또한 새끼들이나 동족을 잡아먹는 건 섬 안에서만 살아야 하는 존재로서 본능적으로 깨우친 생존 방식일 겁니다. 마치 영화 「로건의 탈출」에서 돔 안에 사는 지구인들이 서른 살이 되면 자살 축제를 벌이는 장면처럼 말이죠.

버나드 쇼는 호랑이와 악어는 너무 쉽게 배가 불러서 충분히 잔인해지지 못한 반면, 인간은 교묘하게 잔인해서 고문대, 화형용 말뚝, 교수대, 전기의자, 칼과 총, 독가스를 발명했다고 합니다. 그래서인지 나무 그늘 아래 배를 깔고 누워 졸고 있는 녀석들을 보고 있자니 오히려 '참 순한 녀석들이로군'이라는 생각마저 들었습니다. 불을 뿜으며 성을 박살내는 악의 화신 드래곤은 다른 섬을 '정복'하지도 않았고 그저 한 달에 두 번 식사하는 걸로 만족할 뿐이었습니다. 게다가 이젠 5,000마리 남짓 남아 있을 뿐입니다. 저보다 먼저 코모도왕도마뱀을 만난 더글러스 애덤스도 비슷한 기분이 들었나 봅니다.

도마뱀의 행동에 불쾌하게 반응하는 것은 인간으로 살아가는 기준을 부적절하게 적용한 잘못된 태도일 뿐이다. 인간은 자신들의 편의를 도모하며 다른 방식으로 생존하는 법을 배운다. 인간에게 성공적인 습성이 도마뱀에게는 적용되지 않으며 그 반대 역시 마찬가지다.

_더글러스 애덤스·마크 카워다인, 『마지막 기회』(최용준 옮김, 해나무, 2002)

오 PD는 섬 풍경도 찍었고 레인저와 인터뷰도 했고 마침

내 코모도왕도마뱀의 저녁거리로 생을 마치게 될 사슴과 멧돼지도 찍었습니다. 또한 코모도왕도마뱀을 찾아 밀림 깊숙이 들어가는 장면도 찍었습니다. 멍석은 다 깔았고 이제 코모도왕도마뱀만 나타나면 되었습니다. 레인저는 막대기가 달린 줄로 나무 그늘 아래 졸고 있던 녀석을 끌어냈습니다. 길이 3미터에 70킬로그램이 넘는 수컷이었는데 부스럭거리는 소리가 들리자 혀를 날름거렸습니다. 그러고는 몸을 일으켜 다가오면서 조금씩 속도를 냈습니다. 녀석은 마음먹으면 시속 10킬로미터까지 달릴 수 있습니다. 레인저는 줄을 붙잡고 해변으로 달려왔고 해변에서 지켜보던 저도 덩달아 뛰었습니다. 그는 헐떡거리며 "만약 쫓아오면 지그재그로 달려야 해. 그러다 나무가 보이면 잽싸게 올라가라고. 물리지 않으려면 안 물리는 수밖에 없어. 도망쳐"라고 말했습니다. 코모도왕도마뱀이 지쳤는지 아니면 나무 작대기 따라 달리는 게 너무 한심했던지 더 이상 쫓아오지 않았습니다. 침을 질질 흘리며 바다를 보다가 다시 나무 그늘로 천천히 돌아갔습니다. 오 PD와 촬영감독은 코모도왕도마뱀을 앞뒤로 쫓으며 부지런히 찍고 있었습니다. 길고 긴 '니주'에 걸맞은 완벽한 마무리였습니다.

부끄러워도
꼭 해볼 테야

촬영을 마치면 실제 방송이 나가기까지 한 달 넘게 걸립니다.

카메라에 담은 영상을 모두 컴퓨터에 옮기고 파일을 변환합니다. 촬영한 영상을 살펴보고 현지어로 된 대사는 모두 우리말로 번역합니다. PD는 적당한 에피소드를 골라 편집하면서 이야기를 만들어갑니다. 컴퓨터그래픽 디자이너는 자막과 그래픽을 넣습니다. 작가는 영상에 맞춰 글을 쓰고 출연자는 스튜디오에서 작가가 준 대본에 맞춰 녹음합니다. 그리고 종합편집까지 마쳐야 비로소 프로그램 한 편이 완성됩니다. 한 편을 만들기 위해 저뿐만 아니라 PD, 작가, 촬영감독, 조감독, 녹음기사, 컴퓨터그래픽 디자이너, 방송국 직원 등 다양한 사람들이 참여합니다. 일종의 공동창작물인 셈입니다.

행여 제가 프로그램을 '망친' 게 아닐까 조심스럽게 본방을 봅니다. 여태까지 다른 사람이 떠난 여행만 보다가 제가 주인공인 프로그램을 보면 위아래가 바뀐 거울 앞에 선 것처럼 무척 낯설게 보입니다. 그래서인지 '앵무새를 어깨에 얹었으면 쫄지 말고 활짝 웃어야지' '인터뷰하는 사람은 저쪽인데 어딜 보고 이야기하는 거야' '눈에 힘을 더 줘야지. 완전히 풀렸네' '티셔츠는 안으로 넣을걸 그랬어. 지저분하네'라며 다른 사람보다 더 투덜거립니다.

방송이 끝나면 곧바로 인터넷을 검색하고 페이스북으로 들어갑니다. 다른 사람들은 어떻게 보았는지 몹시 궁금하기 때문입니다. 잘 봤다고 하기도 하고 냉정하게 지적하기도 합니다만 대부분은 무관심합니다. 채널은 많고 프로그램은 넘쳐나기 때문입니다. 그럼에도 방송 프로그램은 여행에 대한 가

장 큰 보상이 됩니다. 다음에 더 잘해보려는 강력한 동기가 됩니다. 그나마 최근에 찍은 '순다열도' 편이 덜 부끄럽습니다. 아르헨티나, 에스토니아, 그리스와 스페인 등 먼저 찍은 건 보면 볼수록 얼굴이 화끈거립니다. 함께 갔던 PD와 촬영감독은 얼마나 답답했을지, 녹음기사는 또 얼마나 손질을 많이 했을지 생각할수록 미안합니다. "그러니까 왜 굳이 여행 큐레이터를 하려고 그러세요? 내레이션은 뚝뚝 끊어지고 연기도 어색하고 영어도 그리 신통치 않은 것 같던데요. 그 시간에 원래 하던 그림이나 더 그리는 게 낫지 않을까요? 걱정 돼서 하는 얘기예요." 아는 동생이 대놓고 말했습니다. 달리 할 말은 없지만 한 유전학자의 말을 빌려 조용히 대꾸해봅니다.

재능은 있지만 하고 싶지 않은 일을 하는 것보다 재능은 없더라도 하고 싶은 일을 할 때 성공할 가능성이 더 크다.

_마르쿠스 헹스트슐레거, 『개성의 힘』(권세훈 옮김, 열린책들, 2012)

무엇을 원하는지 안다고 해서 얻는 방법까지 다 아는 건 아닙니다. 버나드 쇼의 말처럼 자동차를 갖고 싶어할 수는 있어도 자동차를 만드는 것은 엔지니어입니다. PD는 여행을 고르고 작가는 꼼꼼히 자료를 챙깁니다. 방송국과 회의를 거쳐 어떤 사람이 여행 큐레이터를 맡을지 선택합니다. 이런 과정을 알게 되었으니 이제 PD가 촬영 가자고 하면 처음처럼 낭창낭창하게 놀러 가지는 못할 것 같습니다. 미리 책도 읽고 의상과 소품도 챙기고 현지어도 몇 마디 외워 가게 될 겁니다. 성공까지는 아니라도 쉰 살까지는 어떻게든 기회를 더 갖고 싶습니다.

'이런, 그때 한방 먹였어야 하는데' 하고 생각하지만 실제로 그러진 못하죠. 그래서 환상 속의 인물이 있는 겁니다. 그런 인물들은 제대로 된 대답을 하고, 딱 적절한 때에 적절한 행동을 하죠.

_클린트 이스트우드, 『클린트 이스트우드, 거장의 숨결』(김현우 옮김, 마음산책, 2013)

반평생을 더티 해리와 황야의 무법자로 살아온 클린트 이스트우드처럼 완벽하게 살가워 보이는 여행 큐레이터로 '코스프레' 하고 싶습니다.

죽은 '왕년'을 위한
파반

보비 험프리 Bobbi Humphrey, 「**할렘 리버 드라이브**Harlem River Drive」
조지 벤슨·얼 클루 George Benson·Earl Klugh, 「**드리밍**Dreamin'」

나이 마흔 넘어 단골 하나 없다면 참 서글픕니다. 어차피 얻어
먹기보다 사줄 일이 더 많은데 어디로 가야 할지 몰라 헤맨다면
모양이 빠집니다. 홍대에서 술을 마시다가 밤 10시가 넘으면 결
정을 합니다. 별로 안 친하다면 이 정도에서 끝내고 헤어집니다.
친한 사람이라면 분위기가 복숭아처럼 무르익을 대로 무르익습
니다. 이때 "아무데나 가지"처럼 무성의한 말이 따로 없습니다.
그래서 전 복잡한 홍대 골목을 익숙하게 빠져나와 '곱창전골'로
끌고 갑니다.

　세상에는 두 종류의 사람이 있습니다. 곱창전골 가자고 했
을 때 "저녁 많이 먹었는데 또 먹어?"라고 하는 사람과 "이야호!"
외치는 사람입니다. 곱창전골에는 곱창은 없고 대신 맛있는 LP
들이 가득합니다. 황도 깡통과 광섬유로 만든 꽃 조명, 버려진
자개 상을 되살려 만든 탁자들이 놓여 있습니다. 소주부터 맥주,
양주, 칵테일까지 안주는 노가리부터 조개탕까지 참 다양합니
다. 가게 한쪽 칠판에는 '가장 많이 신청받는 곡 베스트 10'이 적

혀 있습니다. 1위는 늘 최호섭의 「세월이 가면」입니다. 하긴 왕년을 되살려보려는 손님들에게 「세월이 가면」처럼 와 닿는 가사가 또 있을까 싶습니다. 「마지막 승부」 「걸어서 하늘까지」처럼 오래된 드라마 주제가들도 인기가 좋습니다. 이중에서 저는 「사랑을 그대 품 안에」를 즐겨 신청합니다. 이 드라마에서 차인표는 색소폰을 부는 재벌 2세로, 신애라는 외로워도 슬퍼도 울지 않는 '캔디녀'로 등장합니다. 권해효는 차지게 두 주인공을 받쳐줍니다. 결코 최고의 드라마로 꼽을 수는 없는데 주제가만큼은 쉽게 잊히지 않습니다. 사랑을 그다지 믿지 않고 사랑에 목매단 적도 별로 없는데 말이죠.

얼마 전 친구한테서 그가 대학 다닐 때 만난 독특한 친구 이야기를 들었습니다. 그녀는 입학한 지 얼마 되지 않아 남자 성기에 초콜릿을 바른 그림을 그렸습니다. 그때만 해도 아직 남자와 자본 적도 없었답니다. 물어보았더니 그냥 왠지 달콤할 것 같아서 그렸다고 하였습니다. 그 뒤로 남자와 사랑에 빠지고 섹스도 하고 나중에 결혼도 했습니다. 얼마 전 제 친구가 다시 그녀를 만난 자리에서 그 작품 이야기를 꺼냈는데 이제 더 이상 사랑이 달콤하지 않다고 잘라 말했답니다. 게다가 그림도 그리지 않는다고 하였습니다. 아무리 인생의 주제가가 케이씨 앤 선샤인 밴드 KC & The Sunshine Band의 「댓츠 더 웨이(아이 라이크 잇That's the Way(I Like It)」처럼 방방 뜨는 노래라고 해도 시간이 지나면 결국 쓸쓸해지나 봅니다. 결국 노래는 잘나가던 시절인 '왕년'을 곱씹은 흔적으로 남습니다. 제가 왕년에 들었던 곡들을 아래 꼽아봅니다.

보비 험프리, 1970년대로

딱 붙은 반팔 티셔츠에 아프로 머리를 한 여성이 플루트를 들고 있습니다. 과연 어떤 음악을 들려 줄지 선뜻 감이 오지 않습니다. 보비 험프리는 재 즈 음반 레이블 블루노트 최초의 여성 연주자이며 1972년 스티 비 원더의 싱글 『어나더 스타Another Star』에도 듀크 엘링턴, 리 모건, 조지 벤슨과 함께 참여했습니다. 그녀의 연주를 들으며 어 떤 분위기가 떠오른다면 '그게 바로 1970년대'라고 말할 수 있 습니다.

'배캠'의 클로징 곡

1989년 생애 처음으로 산 CD가 바로 조지 벤 슨, 얼 클루의 『컬래버레이션Collaboration』입니다. 1980년대 말부터 1990년대 초반까지 앨범은 LP 와 카세트테이프에서 CD로 넘어가고 있습니다. 덕분에 음반 가 게에는 세 가지 매체 모두 사이좋게 공존하였습니다. CD는 최신 매체여서 가장 비쌌고 무척 좋은 선물이기도 했습니다. 대학에 서 날마다 함께 다녔던 선배가 앞으로는 CD가 대세라며 처음으 로 골라주었습니다(계산도 형이 한 기억이 납니다). 이중에서 「드 리밍」은 당시 「배철수의 음악캠프」 클로징 곡으로 쓰였습니다.

여덟.
나눔.

위아래보다는
양옆으로 .

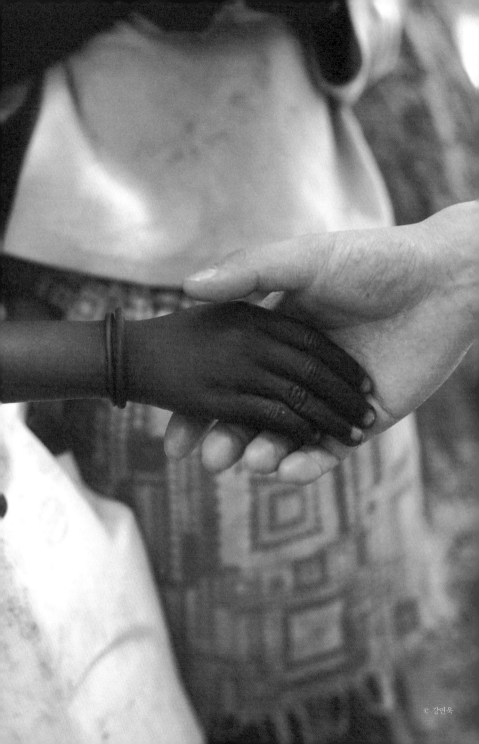

ⓒ 강연욱

영 수 증 은
말   한   다
━━

"생선은 대가리부터 썩습니다. 경제 위기보다 더 급한 건 정의를 바로 세우는 일입니다. 만약 정의가 실현될 가망이 없다(고 여기)면 아무도 세금을 내지 않을뿐더러 나라와 사회를 위해 일하려 하지도 않을 겁니다. 이 지경까지 이르면 희망마저 사라집니다. 망하는 건 시간문제죠."

앞에서도 잠깐 얘기했듯, 유럽의 경제 위기를 취재하러 그리스에 간 적이 있었습니다. 아테네에서 현금 없이 밥을 먹으려면 먼저 신용카드로 결제가 되는지 물어봐야 했습니다. 대부분 카드를 받지 않았고 현금으로 계산해도 영수증을 잘 챙겨주지 않았습니다. 카드로 계산하거나 영수증을 발급하면 증빙이 남아 세금을 내야 하기 때문이었습니다. 그리스의 경제가 무너질 대로 무너진 터라 깨진 독에 물 붓는다고 여기는지 시민들은 세금 내는 일에 무척 인색했습니다. 그래서 정부에서는 영수증을 발급하지 않은 업소를 고발하면 포상을 주는

266

제도까지 마련했습니다. 정부가 한번 신뢰를 잃으면 시민들은
세금도 내지 않고 사회를 위해 일하려고 하지도 않습니다. 왜
정부에 비리나 부패가 없어야 하는지 식당 영수증 한 장으로
도 충분히 느낄 수 있었습니다. 취재차 만난 그리스 신문기자
의 말이 더욱 와 닿았습니다.

스페인과 그리스 취재를 마치고 뉴욕으로 넘어갔습니다.
뉴욕에서 차로 두 시간 떨어진 뉴저지 교외에 노숙자들이 모
여 사는 텐트촌이 있다는 이야기를 들었습니다. 뉴욕도 서브
프라임 모기지 사태로 인한 여파가 거셌습니다. 집을 사려고
담보 대출을 받은 시민들이 직장을 잃자 대출금과 이자를 갚
지 못하고 담보 가치까지 떨어지는 바람에 집을 팔아도 빚만
남게 되어버렸습니다. 결국 하루아침에 길바닥에 나앉을 수밖
에 없었습니다. 그들은 뉴욕을 벗어나 뉴저지의 숲에 하나둘
씩 모여 텐트를 치고 살았습니다. 땅주인도 그냥 내버려두어
서 숲은 어느새 텐트촌이 되었습니다. 올해 쉰두 살인 스티븐
브리햄 목사는 텐트촌의 리더로 여기에 머물며 노숙자들에게
음식과 생활물품을 지원하고 있었습니다. 그는 반갑다며 큰
키만큼 커다란 손을 내밀었습니다. 악수를 하는데 완전히 무
쇠로 만든 손 같았고 마디마디 사이로 진심이 느껴졌습니다.
텐트촌에 거주하는 사람들 중에는 패션디자이너도 있었고 교
사도 있었으며 평범한 직장인도 있었습니다. 한 멕시코 이민
자는 여기서 먹고 자면서 출퇴근까지 했습니다. 미국의 심장
이자 경제의 상징인 뉴욕에서 올 겨울에 눈이 많이 오면 텐트

가 무너질 걸 염려하며 사는 사람들이 있었습니다. 스페인도 뉴욕도 똑같았습니다.

시민들의 생활이 무너져도 통계상으로는 오히려 성장하는 나라들이 있습니다. 콩고민주공화국은 최근 6퍼센트의 성장률을 기록했는데 그 원동력은 자원 개발입니다. 하지만 영아사망률이나 공중보건을 보면 사회 환경은 열악하기 그지없습니다. '풍부한 자원=부강한 나라=행복한 시민'이라고 보기 어렵습니다. 천연자원은 오히려 독이 되기도 합니다. 시에라리온의 다이아몬드는 군벌들의 자금줄로 전 세계에 팔려 결국 '블러드 다이아몬드'라는 오명을 얻었습니다. 나이지리아의 석유는 오랫동안 군사정권 아래서 개발되었습니다. 민주적인 제도가 없었기 때문에 석유 수입은 고스란히 몇몇 권력자들의 몫이었습니다. 먼저 먹는 사람이 임자다 보니 공정한 분배 시스템을 만드는 일은 요원해 보입니다. '나라와 정부가 다 무슨 소용이야?' '나라가 발전하면 뭐해? 어차피 그들만의 자원이고 그들만의 부이고 그들만의 나라인데.' 권력이 부패할수록 범죄는 늘었습니다. 도둑과 사기꾼에게 국고를 맡긴 나라에서는 원칙대로 살아봐야 피해만 입을 뿐입니다. 결국 나이지리아라는 나라가 국민들에게 국제적인 범죄자라는 낙인을 찍은 장본인이 되었습니다. 버나드 쇼는 부자들은 가난에 익숙한 빈자들보다 더 가난을 두려워하기에 악착같이 기득권을 놓지 않으려고 하고 청렴하면 망하는 줄 안다고 말한 바 있습니다.

남 의 나 라
이 야 기 만 은 아 니 지

소말리아는 아프리카 동쪽에 뿔처럼 솟아 있는 나라입니다. 유럽에서 수에즈 운하와 홍해를 거쳐 아시아로 가는 길목에 있는 요충지이기도 합니다. 하지만 소말리아라면 곧바로 해적, 무정부 국가, 여행 금지 구역이라는 말부터 떠오릅니다. 해적만 없어도 상황이 나아질 것처럼 보입니다만 자세히 들여다보면 그리 쉬운 문제가 아닙니다.

본디 소말리아 사람들의 주업은 어업이지만 생선을 즐겨 먹지 않아 생선을 팔아 생계를 꾸려갔다고 합니다. 그런데 무정부 상태가 되면서 바다는 아무도 관리하지 않는 무주공산이 되었습니다. 그러자 유럽의 배들이 몰려와 수산자원을 싹 쓸어 갔습니다. 심지어 정체를 알 수 없는 산업 폐기물을 버리기도 하였습니다. 하지만 바다를 지켜줄 정부는 없었고 생활의 터전은 급속히 망가졌습니다. 살아남기 위해 어민들은 그물 대신 총을 들고 바다를 지키려 합니다. 그런데 총으로 바다를 지키는 것보다 되레 상선을 공격하여 납치하는 편이 더 돈이 된다는 걸 알게 되었습니다. 어부들은 해적이 되었고 범죄 조직이 끼어들자 '판'은 더욱 커졌습니다. 우리나라 상선들 역시 해적들의 표적이 되었습니다. 해적들의 위협에 대처하기 위해 2009년 청해부대가 창설되어 우리나라 해군 전투함의 첫 파병이라는 역사를 남기며 아덴만 해역으로 파견되었습니다.

2011년 1월에는 삼호 주얼리 호가 납치되어 선원들을 구출하기 위해 '아덴 만의 여명' 작전을 펼치기도 하였습니다.

'해적을 소탕한다고 문제가 다 해결될까?' '제2, 제3의 해적이 또 나타나지 않을까?' '만약 무정부 상태에서 벗어나지 못하면 소말리아인들은 어떻게 될까?' 생각할수록 질문은 끊임없이 이어집니다. 반기문 유엔 사무총장은 해적 행위는 육지의 무정부 상태와 치안 불안에서 비롯되기에 육지에서 치안이 회복되어야 해적 행위가 줄어들 거라 봤습니다. 그런데 치안이 회복되려면 먼저 경제부터 회복되어야 합니다. 빈부격차가 클수록 시민들의 절망과 증오는 더욱 커지고 결국 폭력을 불러일으킵니다. 그리고 폭력은 한 나라의 문제로 그치지 않습니다. 삼호 주얼리 호 사건만 봐도 1만 킬로미터나 떨어져 있는 소말리아에서 벌어지는 일들이 이렇게 우리와도 연결되어 있다는 걸 알 수 있습니다.

소말리아뿐이 아닙니다. 남수단에 파병된 한빛부대가 하필 일본에서 실탄을 지원받아 의도치 않게 외교 문제를 일으킵니다. 나이지리아에서 온 코카인이 인천공항을 드나듭니다. 결혼 선물로 산 다이아몬드가 앙골라 반군의 자금줄이 됩니다. 『오늘의 아프리카』를 쓴 일본 기자 시라토 게이치는 "사람, 물건, 돈, 정보가 순식간에 세계를 돌 수 있는 오늘날 1만 킬로미터 이상 떨어진 아프리카 분쟁지에 만연한 폭력이 우리의 생활과 무관할 것 같은가?"라고 되묻습니다. 이미 우리는 얽힐 대로 얽혀 있는 세상 한가운데서 살고 있습니다. 그러니 우리나라만이 아니라 소말리아도 나이지리아도 남수단도 모두 관심을 기울여야 합니다. 다른 나라와의 관계에서 대책을 세우지 않으면 위암 환자가 소화제만 삼키는 꼴이 되고 맙니다.

뱅 뱅 클 럽 과
사 진 한 장

영화 「뱅뱅 클럽」은 아프리카에서 찍은 한 장의 사진에 관한 이야기입니다. 남아프리카공화국의 사진작가 케빈 카터는 수단에서 찍은 한 장의 사진으로 퓰리처상을 받습니다. 사진에는 굶주린 소녀가 쓰러지기를 기다리는 듯한 독수리가 저 멀리 보입니다. 이 사진은 예상치 못한 논쟁을 불러일으킵니다. 그는 사람들에게 '현장에서 소녀를 구했는가?' '독수리를 쫓아냈는가?' '보도가 먼저인가, 도움이 먼저인가?'라는 질문을 받게 됩니다. 하지만 명쾌하게 대답하는 대신 "좋은 사진이란 보는 사람이 질문을 던지게끔 하는 사진"이라고 대꾸하였습니다. 하지만 몇 개월 뒤 그는 자살합니다. 케빈 카터가 남긴 칼럼을 보면 어렴풋하게나마 그의 심정을 엿볼 수 있습니다. "사진보도란 기묘한 장사다. 나는 일의 대부분을 극적인 장면을 찾는 데 쓴다. 그런 가운데 날개 돋친 듯 잘 팔려나가는 것은 분쟁 중인 인간들, 휴먼 다큐멘터리, 그리고 폭력이다. 그런 종류의 사진을 보고 환호하는 독자가 많기 때문이다. 왜 찍느냐고 묻는다면 이렇게 대답하는 수밖에 없다. 나는 그저

내가 찍은 사진이 게재되는 걸 보고 싶을 따름이고……."

『아프리카에서 온 그림엽서』를 쓴 후지와라 아키오는 1995년부터 2001년까지 마이니치 신문 특파원으로 남아공 요하네스버그에 머물며 아프리카를 취재하였습니다. 이 책에 담긴 첫 번째 이야기가 바로 이 사진에 관한 진실이었습니다.

"다들 좀 멍청한 거 아니야? 소녀를 구하라느니 어쩌니…… 바로 옆에 어머니가 있었단 말이야! 아프리카 여성들은 무섭다고. 어설프게 남의 아이를 안아주려 하다간 아이 엄마에게 호되게 당한다니까."

현장에 함께 있었던 또 다른 사진작가 주앙 실바(그 역시 영화 「뱅뱅 클럽」에 등장합니다)는 그가 목격한 그날의 진실을 너무 싱겁게 밝힙니다. 하지만 그날의 상황이 이렇다 하더라도 여전히 사진작가의 윤리는 논쟁거리가 아닐까 합니다. 수잔 손택도 말했듯 개입하면 기록하지 못하고 기록하면 개입하지 못하는 것이니까요. 또한 전쟁, 기아, 폭력 등 인간의 극한을 담은 사진의 스펙터클이 우리를 점점 더 고통에 둔감하게 만들지 않는지도 생각해볼 문제입니다.

당신의 아프리카 '친구'는
누 구 입 니 까 ?
━━

누군가가 극히 자연스럽게 '아프리카를 구해야 한다'고 생각하는 순간 그 사람은 아프리카를 완전 대등한 상태로 여

기지 않게 된다. 친구와 같은 관계가 사라지고 심하게 표현
하자면 지배와 예속에 빠지게 된다. ······ 한 사람의 아프리
카인이라도 상관없다. 자신과 친해진 단 한 명의 아프리카
인이면 된다.

_후지와라 아키오, 「아프리카에서 온 그림엽서」(조양욱 옮김, 위즈덤하우스, 2007)

어린이재단을 통해 1대 1 후원을 하는 시에라리온의 쉐쿠
세세이의 어머니에게서 1년에 한 번씩 편지를 받습니다. 의무
감으로 썼는지도 모르겠지만 손으로 꾹꾹 눌러 쓴 편지가 자
원봉사자가 우리말로 번역한 글과 함께 몇 년간 꼬박꼬박 도
착했습니다. 별다른 내용은 없습니다. 양이 몇 마리 늘었고 동
네 뒷산에 올라가면 풍경이 어떤지 알려주었습니다. 쉐쿠 세
세이는 잘 지내며 늘 도와줘서 고맙다는 말로 마무리하였습니

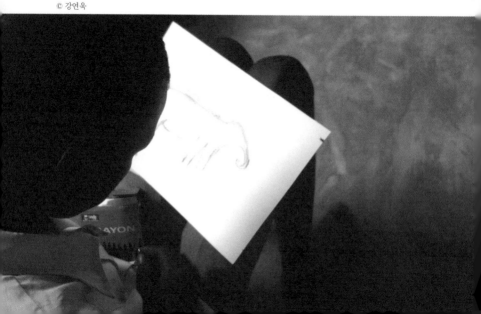

다. 그리고 답장도 보내달라고 하였습니다. 하지만 전 무슨 전단지 대하듯이 대충 읽었고 한 번도 답장하지 않았습니다. 반면 에스토니아나 그리스, 인도네시아에서 만난 친구들은 페이스북으로 안부를 묻고 '좋아요'를 눌러줍니다. 그러다 보니 리사, 마르사, 이주처럼 사람이 먼저이고 에스토니아, 그리스, 인도네시아는 그저 그들이 살고 있는 나라로 다가왔습니다. 하지만 세세이가 사는 시에라리온은 친구가 사는 곳보다는 아직까지 '도와야 할 나라'로만 여기게 됩니다. 기부나 후원이라는 말에는 도와주는 사람 따로, 도움 받는 사람 따로라는 생각이 숨어 있습니다. 그러다 보면 자칫 우리를 베푸는 사람으로 여기기 쉽습니다. 아프리카 아이들에게 개인 후원을 하는 분들이 그 아이들을 '마음으로 낳은 자식'이네, '아프리카에서 자라는 우리 아들딸'이라고 부르는 걸 보면 솔직히 놀랍습니다. 성급히 안다고 여기기보다는 그저 시에라리온에 열두 살짜리 어린 친구가 있다고 여기면 어떨까 싶습니다.

악수부터 다시 배우다

2012년 초, 초록우산 어린이재단과 함께 남수단에 다녀왔습니다. 아나운서, 프로듀서, 사진작가가 모여 재능기부자들의 모임인 나눔조합을 만들었습니다. 이들과 함께 종글레이 Jonglei 주 보르Bor 지역 학교를 둘러보기로 했습니다. 먼저 예

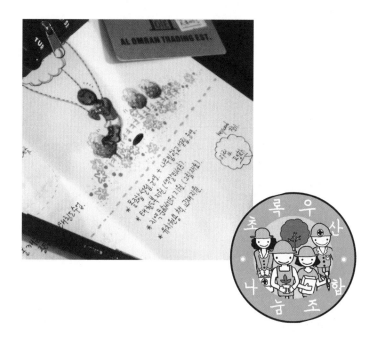

방접종부터 해야 했습니다. 황열 예방주사를 맞았다는 옐로 카드가 있어야만 남수단에 입국할 수 있습니다. 황열 예방주사에다가 A형 간염, 장티푸스, 파상풍, 수막구균, 독감까지 하루에 모두 예방접종을 했고 B형 간염 항체 검사를 위해 피도 뽑았습니다. 다음엔 간단한 위생교육을 받았습니다. 남수단 사람들은 만나면 악수를 하는데 손이 깨끗한 사람이 별로 없다고 하였습니다. 특히 소를 많이 키우는 마을에 가면 소똥도 손에 묻을 수 있다며 겁을 주었습니다. 똥오줌이 묻은 크고 눅눅한 손으로 악수를 청하면 과연 제가 손을 내밀 수 있을까 싶었습니다. 남수단 주바Juba 공항에 내리기 전까지 고민은 끝나지 않았습니다.

공항에 내리자 기다리던 현지 직원들이 덥석 손을 내밀어 얼결에 악수를 했습니다. 뜸은 없었지만 예상대로 크고 눅눅했습니다. 하지만 생각보다 나쁘지 않았습니다. 오히려 악수가 좋아졌습니다. 그래서 다른 직원들하고 악수할 때는 손을 먼저 내밀며 힘도 주었습니다. 눈도 마주쳤습니다. '엥. 별거 아니네. 손이야 씻으면 되니까.' 왠지 별거 아닌데 너무 걱정한 것 같아 창피했습니다. 하지만 걱정이 완전히 사라지진 않았습니다. 한센병에 걸린 사람들이 모여 사는 마을에 가기로 되어 있었기 때문입니다. 하지만 역시 생각보다 나쁘지 않았습니다. 마을은 여느 마을보다 깨끗했습니다. 마을 어귀에 앉아 있던 할아버지가 환한 미소를 띠며 뭉툭한 손을 내밀었습니다. 마치 손가락이 지우개처럼 닳아 없어진 듯 보였습니다. 저도 모르게 덥석 잡았는데 조금 꺼끌했지만 나쁘지 않았습니다. 그러자 할아버지는 활짝 웃으며 제 손을 아래위로 흔들며 뭐라고 말씀하였습니다. '멀리서 온 손님을 축복한다'라는 뜻이랍니다. 한센병은 유전도 아니고 불치병도 아닙니다. 또한 접촉으로 잘 전염되지도 않습니다. 알고 나니 두려울 게 없었습니다. 역시 별거 아니었고 또 한 번 창피했습니다.

악수의 역사를 잘 모르긴 해도 늘 깨끗한 손으로만 하진 않았을 겁니다. 전쟁터에서 한창 싸우다가 무기를 내려놓고 피 묻은 손을 내밀었을 수도 있습니다. '지금 당신의 모습을 있는 그대로 받아들입니다. 그러니 괜찮습니다'라는 마음이 말하지 않아도 고스란히 전달되었습니다. 남수단에서 배운 노하우는 아르헨티나 과라니 마을이나 인도네시아 수상마을에서도 통했습니다. 더러우면 나중에 씻으면 그만입니다. 어쩌면 우리가 일상적으로 쓰는 노트북 키보드나 책상, 단골 식당의 상, 주방 행주가 더 더러울 수 있습니다.

도 와 주 는 나 라 에 서
내 친구들이 사는 곳으로

어린이재단은 보르 지역을 중심으로 단기적인 구호보다는 장기적인 지역 개발 사업을 벌이고 있었습니다. 특히 말렉 초등학교에서는 학부모들과 함께 회의하며 어떻게 학교를 발전시킬지 함께 고민하였습니다. 이곳에서는 흙으로 지은 단순한 건물부터 블록으로 쌓아올리고 양철 지붕을 덮은 1960년대 건물까지 한눈에 볼 수 있었습니다. 안타깝게도 교실에는 책상이 없었고 의자는 아이들이 직접 집에서 들고 왔습니다. 의자가 없는 아이들은 흙바닥에 앉아 수업을 들었습니다.

아이들에게 종이와 크레파스를 나눠주고 꿈에 대해서 그려보자고 하였습니다. 곧바로 제가 실수했다는 걸 깨달았습니다. 아이들이 그린 건 하나같이 총, 헬기, 집 앞의 나무, 축구선수뿐이었습니다. 본 것이 없으니 그릴 것도 없었습니다. 아이들의 상상력은 말렉 마을 울타리 너머로 한 발짝도 벗어나지 못했습니다. 앞에서 소개한 소말리아 출신의 모델 와리스 디리는 사막에서 살았던 어린 시절을 떠올리며 염소, 낙타와

© 강연욱

함께 사는 세상이 전부인 줄 알았다고 고백한 바 있습니다. 사막 한가운데서 살아가는 그녀에게 우주는 날마다 눈앞에 보이는 세상 딱 그만큼이었습니다. 만약 남수단에 가기 전에 이런 사정을 미리 알았더라면 꿈을 그려보라는 바보 같은 제안은 하지 않았을 겁니다.

그렇다면 제가 할 일이란 다시 꿈꾸게 만들어주는 일이 아닐까 싶었습니다. 적어도 꿈의 불균형을 조금 줄여줄 수 있지 않을까 싶었습니다. 아쉬운 대로 교실 뒷벽에다 벽화를 그리고 학교 담장에다 키 재기 벽화를 그리자고 했습니다. 무언가 새로운 '볼거리'를 만들어주고 싶었습니다. 다음에는 이 친구들에게 서가와 책을 마련해주겠다고 다짐했습니다. 세상과 우주를 넓히는 방법은 책뿐입니다. 그래서 도서관을 짓는 건 작은 우주를 만들어주는 일입니다. 또 돌아와서는 이 아이들에게 책가방과 학용품을 담은 스쿨키트를 마련해주려고 부지런히 모금 활동에 나섰습니다. 벽화 그리기 프로젝트와 티셔츠 판매로 직접 후원금을 모으기도 하였습니다. 보르에 주둔한 한빛부대 '군인 아저씨'들은 책상을 손수 만들어 말렉 학교에 전해주었습니다. 학교는 조금씩 모양새를 갖춰갔습니다.

하지만 지난해 연말부터 남수단에서 내전이 벌어져 보르 지역과 말렉 학교는 전쟁의 한가운데 놓였습니다. 주민들은 피난을 떠났고 학생들은 뿔뿔이 흩어졌습니다. 부모들이 조금씩 돈을 모아 무려 6년간 지은 말렉 학교는 반군의 기지가 되었습니다. 키재기 기린 벽화에는 총구멍이 박혔습니다. 학생들에게 나눠주려고 보르 사무실에 모아둔 가방과 학용품 들도 모두 도둑맞았습니다. 올해 초록우산 나눔조합에서 함께 활동하던 김경란 아나운서가 직원들과 함께 그곳을 다시 찾았습니다. 보르로 들어가지는 못하고 우간다 국경지대인 니믈레 난민촌에 찾아가 새로 만든 스쿨키트 1,000세트와 비스킷을 그곳 아이들에게 전했습니다.

어린이재단은 지속적인 성장을 꿈꾸며 지역 경제에 도움이 될 만한 여러 사업을 차분히 준비하고 있었고, 나눔조합은 남수단에 대한 관심을 불러일으키고 필요할 때는 직접 달려가 몸으로 때우며 도우려 했습니다. 하지만 내전으로 보르 지역 발전 사업은 미뤄져야 했고 지금은 난민들에게 물과 식량을 전해주는 긴급구호 사업을 펼치고 있습니다. 전쟁은 이곳이 발전할 수 있는 기회까지 빼앗아버렸습니다. 특히나 아이들이 꿈꿀 수 있던 유일한 곳, 학교가 전쟁터가 되었다니 마음이 아플 뿐입니다.

남 수 단 의
긴 이 력 서

남수단의 석유 매장량은 나이지리아에 이어 아프리카에서 두 번째입니다. 정부 예산의 98퍼센트가 석유에서 나옵니다. 그런데 석유개발 사업이 몇몇 사람의 권력이 되고 권력을 잡으려는 세력들은 기득권을 유지하기 위해 폭력을 씁니다. 아프리카의 돈과 권력은 패키지로 묶여 있습니다. 아프리카의 쿠데타 성공률이 무려 40퍼센트에 이른다는 이야기도 있습니다.

『수단 내전』의 저자인 더글러스 존슨은 수단이 내전에서 벗어나지 못했던 이유를 벗어나길 '원치 않았기 때문'이라고 하였습니다. 내전이 발생하면 대규모 난민이 생기고 난민들은 다시 전쟁터에 보낼 병사로 징집하거나 값싼 노동력으로 부리기 쉽기 때문입니다. 이런 악순환의 고리를 끊어버리려고 2011년 남수단은 수단에서 독립하였습니다. 나일 강 상류에 자리한 남수단은 천연자원도 많고 농사지을 땅도 넉넉하지만 독립의 자유를 누리기에는 해결해야 할 문제가 더 많았습니다. 여러 가지 노력을 했지만 결국 남수단에서도 내전

© 강연욱

이 벌어지고 말았습니다. 내전이 길어지면 국민들은 다시 난민이 되어 원조에 의존하게 됩니다. 그러면 또다시 상업 집단과 정치 집단의 노예로 전락합니다. 권력에 대한 열망은 더 커지고 폭력은 더욱 만연하게 됩니다. 이렇게 악몽은 끈질기게 반복됩니다. 어느 전문가는 제2차 세계대전 후 선진국 사이에 전쟁이 일어나지 않는 이유를 먹고살 만해졌기 때문이라고 지적하였습니다. 악몽의 고리를 끊으려면 먹고살 만하게 만드는 수밖에 없습니다. 하지만 이건 문제를 해결하기 위한 방법이라기보다 결과일 수 있습니다. 닭이냐 달걀이냐 내전종식이냐 경제발전이냐, 뭐가 우선일지 몹시 헷갈립니다. 제1세계의 무조건적 원조는 오히려 상황을 악화시킬 수 있습니다. 케냐 출신의 아프리카 경제 전문가 제임스 시크와티는 개발원조가 아프리카를 얼마나 병들게 했는지 날카롭게 지적하였습니다.

개발원조는 40년 전부터 아프리카 대륙에 피해를 주고 있다. 서방 국가들이 진정으로 아프리카를 돕고자 한다면 이 독특한 원조를 끊어야 한다. 가장 많은 원조를 받은 국가들이 지금은 아프리카에서 가장 가난한 나라로 전락했다. 서

방 원조는 거대한 관료 기구에 대한 재정 지원으로 지출되고, 아프리카인들을 구걸이나 하는 의존적인 존재로 키워가고 있다. 서방 원조는 지역 시장과 아프리카에 절실히 필요한 기업가 정신을 쇠퇴하게 만든다.

_볼프 슈나이더, 『인간 이력서』(이정모 옮김, 을유문화사, 2013)

보르에서 만났던 종글레이 주 재난국장 가브리엘 뎅 아작과 어린이재단 현지 직원인 매슈가 서울에 왔었습니다. 남수단의 상황을 직접 알리면서 도움을 구하고 지자체를 방문해 선진 농업기술도 익혔습니다. 그리고 나눔조합 사람들과 함께 삼겹살을 굽고 소주를 홀짝거렸습니다. 빨리 스쿨키트를 모아 벽화를 또 그리러 가겠다고 약속하고 헤어졌습니다. 하지만 내전이 일어나 언제 또 보르에 가게 될지 모르겠습니다. 쇼펜하우어는 우리에게 필요한 건 인간을 불쌍하게 여기는 마음보다 공평하게 대하는 자세라고 하였습니다. 그래야 친구가 될 수 있습니다. 더 친해지고 싶은 매슈가 살아 있다는 소식에 전 지금 그저 가슴만 쓸어내릴 뿐입니다.

상 수 리 나 무 에 게
배   우   다

캐나다 서부 해안에 살던 콰키우틀 인디언은 생일, 결혼, 장례에 포틀래치라는 특별한 의식을 벌였습니다. 의식의 주인

288

공은 참가자들에게 선물을 잔뜩 주었습니다. 그들은 빚을 내서라도 옷과 무기, 놋그릇을 최대한 많이 퍼주었습니다. 추장이 되려면 심지어 값비싼 모피를 태우거나 놋그릇을 부수기까지 해야 합니다. 그들은 가지려고 하기보다 베풀어야만 자신의 위신이 높아진다고 믿었습니다. 재산보다 나눔이 먼저였습니다. 최근 기업들이 이익의 일부를 사회에 환원할 때도 '포틀래치'라는 말을 씁니다.

겨울이 오기 전 다람쥐는 부지런히 도토리를 끌어모아 땅속에 묻습니다. 겨우내 파먹기도 하지만 종종 어디에 묻었는지 까먹기도 합니다. 겨울이 지나 봄이 오면 땅속에 남은 도토리들이 싹을 틔웁니다. 상수리나무는 다람쥐들에게 도토리를 베푼 덕분에 새 땅에 뿌리를 박고 자랄 수 있습니다. 중세의 수도사 테오필루스는 예술가의 재능이 질투라는 지갑과 이기심이라는 창고에 갇히지 않도록 해야 하고, 예술가 역시 자신의 재능을 기꺼운 마음으로 예술을 찾는 사람들에게 나누어주라고 하였습니다. 예술이 먹고사는 데 꼭 필요하지 않는데도 지금까지 살아남은 이유는 많은 예술가들이 자신은 가난하더라도 예술을 많은 이들과 나누었기 때문이 아닌가 싶습니다. 어머니는 제가 재능나눔으로 벽화를 그리러 가거나 그림을 그릴 때면 조용히 지켜보다 한마디 툭 던집니다. 그 말을 들으면 다시 힘이 솟아납니다.

"수의에는 주머니가 없다더라."

© 강연욱

지구를 떠난 음악

비틀스Beatles, 「히어 컴즈 더 선Here comes the Sun」
다프트펑크Daft Punk, 「인터스텔라Interstella 5555」·「디스커버리Discovery」

얼마 전 보이저 1호가 태양계를 벗어나 항성과 항성 사이를 이동하고 있다는 소식을 뉴스를 통해 들었습니다. 보이저 1호는 1977년 9월 목성과 토성 등 태양계 행성을 탐험하기 위해 발사된 NASA의 무인 탐사선입니다. 그 뒤로 36년 동안 쉼없이 달려 지구에서 무려 190억 킬로미터나 떨어져 있습니다. 보이저 1호의 예상 수명은 2025년까지이지만 임무는 지구와 통신하는 한 계속됩니다. 보이저 1호에는 골든 레코드가 실려 있는데 그 안에는 55개 언어로 된 인사말, 115장의 지구 사진, 지구의 소리 그리고 90분 길이의 음악 등이 들어 있습니다. 어쩌면 마주칠지 모를 지적인 외계 문명에 지구와 인류 문명을 알리기 위해서입니다. 지금 같은 속도라면 가장 가까운 행성계까지 가는데 4만 년이 걸린다고 합니다.

　골든 레코드에 들어갈 자료는 칼 세이건 박사가 주도하여 골랐습니다. 우리에게 「코스모스」라는 다큐멘터리로 잘 알려진 과학자입니다. 레코드에 담긴 음악은 모두 27곡인데 바흐, 베토

벤의 작품부터 인도, 중국, 페루의 전통음악까지 고루 담겨 있습니다. 재미있는 건 조지 해리슨이 작곡한 비틀스의 명곡 「히어 컴즈 더 선」도 레코드에 실릴 뻔했다는 겁니다. 칼 세이건은 비틀스에게 이 곡을 담고 싶다고 했고 멤버들도 찬성했습니다. 하지만 당시 저작권이 비틀스에게 있지 않아 결국 넣지 못했습니다. 레코드에 담긴 27곡 중에서 유일한 팝송은 척 베리Chuck Berry의 「조니 비 굿Johnny B. Goode」입니다. 개인적으로는 조지 해리슨이 더 좋지만 먼 미래에 만나게 될 외계인의 취향은 또 어떨지 모르겠습니다. 아주 먼 미래 인류의 흔적마저 완전히 사라지고 오직 골든 레코드만 남았다고 상상하면 '사소한' 저작권 문제 때문에 기회를 놓친 게 몹시 아쉽습니다. 그래서 '우리가 맞닥뜨린 모든 문제를 해결하고 언젠가 은하계 문명사회와 만나길 바란다'고 골든 디스크에 소심하게(?) 메시지를 남겼나 봅니다.

"괜찮아, 이제 해가 뜨는 걸"

「히어 컴즈 더 선」은 조지 해리슨이 1969년에 작곡한 곡으로 「섬씽Something」 「와일 마이 기타 젠틀리 윕스While My Guitar Gently Weeps」와 함께 그 의 비틀스 시절 대표곡입니다. 이 노래의 희망차고 긍정적인 가사나 멜로디와는 달리 그가 개인적으로 무척 어려운 시기에 만든 곡입니다. 비틀스가 점점 유명해지면서 멤버들은 음악보다

Here Comes
the Sun

HERE COMES THE SUN
GEORGE HARRISON

는 음악 사업에 매달리게 되었습니다. 싫증을 느낀 조지는 잠시 비틀스를 떠납니다. 엎친 데 덮친 격으로 마리화나 소지 혐의로 검거되기도 합니다. 모든 걸 다 내려놓고 절친한 음악 친구 에릭 클랩튼 집에 놀러갑니다. 기타 하나 들고 정원을 거닐다가 햇살을 보고 이 곡을 지었습니다. "다 내려놓으니 이렇게 홀가분하네. 괜찮아. 괜찮아. 다 괜찮아. 이제 해가 뜨는 걸." 어떤 마음이었는지 충분히 알 것 같습니다.

확실한 건 "I love you"

어쩌면 외계에서 왔을지 모를 두 존재가 자신들의 이야기를 하고 있지 않나 싶습니다. 언젠가 다프트펑크의 멤버들이 헬멧을 벗고 커다란 눈망울을 굴리며 '우린 사실 외계인'이라고 커밍아웃을 해도 크게 놀라지 않을 것 같습니다.

「인터스텔라 5555」는 뮤지컬 애니메이션으로, 다프트펑크와 「우주해적 캡틴 하록」「은하철도999」의 작가 마쓰모토 레이지가 손잡고 『디스커버리』 앨범에 담긴 곡들을 하나씩 에피소드로 만들었다고 합니다. 그중에서 「섬씽 어바웃 어스Something about Us」는 사랑의 테마로 가사가 비교적 간단해 잘 들립니다. "I need you" "I want you" "I'll miss you" "I love you" 이런 노랫말이 이어집니다. 이 곡을 들을 때마다 '사랑이란 본디 긴 말, 복잡한 말이 필요 없지. 이 노래처럼 말이지'라고 우기고 싶어집니다.

아홉.
기록.

카메라보다
몰스킨을 들고서 .

카 메 라   렌 즈   대 신
두   눈   으   로
■■

19세기 중반 프랑스 사진가 막심 뒤 캉Maxime Du Camp은 나일 강 상류 아부심벨 유적을 찍기 위해 자그마치 310킬로그램에 달하는 장비를 챙겨야만 했습니다. 화학 실험실 하나를 통째로 옮긴 셈이었습니다. 하지만 원하는 풍경을 재빠르게 담을 수 없었습니다. 결국 그는 사진의 빈자리를 메우기 위해 부지런히 일기와 편지를 썼습니다. 카메라가 작아지고 디지털 기술이 발달하면서 사진은 비로소 사진가의 전유물에서 벗어납니다. 이제 '여행=사진 찍기'가 되어 카메라는 필수품이 되었습니다. 한 장면도 놓치고 싶지 않아 부지런히 셔터를 누르지만 하드 용량만 축내기 일쑤입니다. 사진가 아라키의 말마따나 이젠 기억을 잃어버리고 싶어서 찍어대는지도 모르겠습니다. 먹다 남은 피자 조각을 냉장고 속으로 슬며시 넣어놓곤 결국 버리게 되는 것처럼요.

　노리쓰케 마사하루의 만화 『폭두방랑 타나카』의 주인공 타나카는 관광지를 "음, 뭐랄까 20분만 있으면 충분할 것 같은" 곳이라는 말로 묘사했습니다. 오 PD는 아무리 좋은 경치도 5분 이상 보여주면 시청자들이 채널을 돌린다고 했습니다. 중국어를 전공한 모 교수는 워낙 관광지를 많이 봐서 다 거기서 거기라며 시큰둥하게 대꾸했습니다.

　여행은 명사("여기가 바로 '그레이트 배리어 리프'야!")로 시작됩니다. 이내 감탄사("우와" "이야" "헐")로 바뀌고 곧이어 형용사("파랗고" "깨끗하고" "시원하고" "상큼하네")가 튀어나옵니다. 마지막엔 동사("하나, 둘, 셋! 물속으로 점프!")로 마무리됩니다. 처음 떠난 관광객일수록 '어디'에 가고 '무엇'을 볼지 집착합니다. 시간이 흐르면 자연스레 '어땠는지' 수다를 떨고 고수가 될수록 뭐든 자꾸 '해보려고' 합니다. 여행을 마치고 집으로 돌아오면 홍역을 앓듯 여독을 겪게 됩니다. 명사에서 동사로 옮겨갈수록 여독은 심해지지만 홍역 꽃이 진 뒤 흉터가 남듯 몸에 추억이라는 여행의 흔적이 남습니다.

관광이란 '내 눈으로 직접 보러 가는 것'입니다. 가보았다는 걸 스스로 증명하기 위해서 사진을 찍습니다. 그리고 페이스북에 올려 자랑해야 본전 생각이 나질 않습니다. 카메라와 스마트폰을 놓지 않으면 관광에 머무를 수밖에 없습니다. 아무리 좋은 카메라라도 그저 외눈박이일 뿐 두 눈을 따라갈 수 없습니다. 그래도 카메라를 놓고 떠나기란 쉽지 않습니다. '얼마나 어렵게 여기까지 왔는데' '다음에 또 못 올지도 모르는데'라며 아쉬운 생각도 듭니다.

카메라 없는 여행의 아쉬움을 달랠 가장 쉬운 방법은 밤하늘의 별을 보는 것입니다. 별 사진은 아무리 전문가라도 장비가 없으면 좀처럼 찍기 어렵습니다. 플래시를 터뜨리고 색다른 앱을 깔아봐도 눈에 보이는 장면을 담을 수 없습니다. 다른 사람들도 마찬가지니까 마음 편하게 돗자리 깔고 누워도 그리 억울하지 않습니다. 밤하늘을 오래 지켜볼수록 동공이 열려 더 많은 별들이 쏟아집니다. 운이 좋으면 별똥별도 볼 수 있습니다. 구름이 흘러가는 모습도 제대로 볼 수 있습니다. 밤 구름은 땅 위의 불빛을 머금고 하얗게 빛납니다.

여행이란 창을 뛰어넘어 세상을 만지는 일입니다. 창이 있어 여기와 저기가 구분된 세상에서는 저 너머로 떠나는 여행을 꿈꾸게 됩니다. 창을 뛰어넘으면 나를 둘러싼 벽도 사라집니다. 그런데 경계가 보이지 않을 만큼 멀리 가면 아무래도 겁이 납니다. 슬그머니 카메라를 꺼내 파인더로 보면 여기와 저기를 구분 짓는 창이 다시 생깁니다. 카메라는 라틴어인 '카메

라 오브스쿠라Camera Obscura'에서 따왔으며 '어두운 방'이라는
뜻입니다. 어두운 방에 숨어서 바늘구멍으로 세상을 보면 조
금 안심이 됩니다. 그래서 낯설고 먼 곳에 갈수록 숨을 수 있
는 '방'인 카메라를 챙기나 봅니다.

　　카메라 없이 떠나는 또 다른 방법은 사진으로 도저히 찍
을 수 없는 모습을 찾아 나서는 겁니다. 『유럽 낭만 탐닉』이라
는 책을 '그린' 세노 갓파는 "내가 왜 이렇게 지나치다 싶을 만
큼 다락방에 흥미를 갖게 된 것일까" 자문합니다. 그는 유럽
을 돌며 머물렀던 방들을 마치 지붕의 뚜껑을 열고 내려다본
듯 그렸습니다. 애당초 사진으로 남길 수 없는 각도로 그려서
"이봐. 그림이 훨씬 낫지? 할 수 있으면 해봐라. 이 카메라 녀
석아"라며 낄낄거리는 듯합니다. 사진으로 쉽게 찍을 수도 없
을뿐더러 기억을 더듬어 상상의 눈으로 보고 손으로 그렸기에
방 안 구석구석까지 여행의 순간으로 채워집니다. 저도 비행
기를 타면 세노 갓파처럼 지붕을 뜯어내고 기내를 들여다봅니
다. 마치 프라모델을 조립하듯 그림을 그리다 보면 어느새 라
디오와 텔레비전을 분해하던 소년으로 돌아간 기분입니다.

301

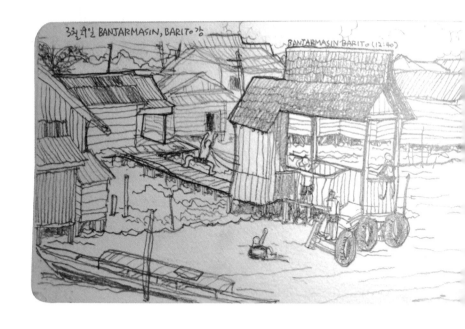

소설가 미셸 투르니에는 일차적 인간과 이차적 인간을 나누었습니다. 이차적 인간은 과거와 미래를 참조하여 현재를 살아갑니다. 언뜻 현명해 보이지만 지나간 일들은 이미 돌이킬 수 없고 앞으로 벌어질 일들은 반드시 현재를 거칩니다. 반면 일차적 인간은 늘 현재에 머무릅니다. 날마다 아침마다 새로운 과거를 만드는 미래의 첫날을 맞이합니다. 앞에서도 말씀드렸지만 제가 2005년, 엽서에 손톱깎이를 처음 그렸을 때 토르처럼 지붕을 뚫고 로트링 펜을 타고 번개가 내리치거나 헐크처럼 분노에 가득 차 '빤스'만 남기고 초록색 근육 덩어리로 바뀌진 않았습니다. 하지만 분명 그 뒤로 지금까지 그림으로 먹고살고 있으며 '일차적 인간 리그'의 일원이 되었습니다. 돈을 받고 그

BARITO강에서... BARITO강
거침없이 흙강물로 뛰어든다.
5살에 처음 수영을 배운 12살짜리 소년은
한바퀴 위로돌아 뛰어내릴만큼 능숙하다.
어린아이들끼리도 엄연히 서열이 있다.
그안큼 보다 높은 곳에서 보다 '위험하게' 뛰어내리는 친구는
뛰어내리지 나이에 관계없이 언더처럼이 된다.
못해서 나이만큼 대접받지 못하는 한 소년은
기분이 어땠냐고 들어도 퉁퉁 부어터진 얼굴로
침착하게 뛰어내릴 채비만 한다.

BOSS

리든 마음 내키는 대로 그리든 방법은 똑같습니다. 그리기 전
에 잘 그릴 수 있을지 걱정하거나 어떤 그림이 될지 미리 짐작
하지도 않습니다. 그저 생각이 흐르는 대로 펜을 움직이며 빈
공간을 채워갑니다. 그러다 보면 어느새 완성됩니다.

바이칼의 알혼 섬이나 뉴칼레도니아의 일데팽처럼 낯선
데 오면 '죽기 전에 다시 올 수 있을까'라고 꼭 되물어봅니다.
잊지 않기 위해서 부지런히 셔터를 눌렀습니다. 하지만 파타
고니아 모레노 빙하를 본 뒤 달라졌습니다. 최근 칼리만탄 섬
탄중푸팅 공원에서는 카메라를 내려놓고 연필로 오랑우탄을
그렸습니다. 어디가 될지 모르겠지만 다음에는 그저 조용히
앉아 있어보려고 합니다.

몰 스 킨   꺼 내 기

━━━

몰스킨을 쓰게 된 건 한 장의 사진 때문이었(다고 믿)습니다. 손때가 잔뜩 묻은 똑같은 몰스킨이 열네댓 권 쌓여 있는 모습이었습니다. '몇 년을 써야 저렇게 모으지?' '밀로 썼기에 저렇게 빵빵하게 부풀어 올랐지?' 궁금했습니다. 그리고 '끝까지 다 쓴 몰스킨 열 권'을 목표로, 다음 날부터 몰스킨을 쓰기 시작했습니다. 2008년부터 지금까지 7년간 열세 권을 빡빡하게 채웠습니다. 다 쓴 순서대로 책꽂이에 꽂아두었습니다. 그리고 팩맨, 레고, 심슨, 미키마우스, 호빗 등 '한정판' 몰스킨들도 짬나는 대로 모았습니다.

　오랜만에 2008년 3월부터 쓴 첫 번째 몰스킨을 꺼내보았

는데 새로운 사실을 알게 되었습니다. 첫 장에는 처음 쓴 날짜
와 함께 메모가 적혀 있었습니다. "작은 몰스킨을 쓰는 모습이
어쩐지 '간지'가 나지 않는다는 주기윤 사장의 말에 '욱'해서
사다." 사진 때문이 아니라 그놈의 '간지'와 '욱'하는 성질 때
문에 샀던 몰스킨과 함께 보라카이를 시작으로 이집트와 방콕
을 다녀왔습니다. 그 뒤로 여행을 떠날 때면 이 노트를 여권과
노이즈 캔슬링 헤드폰만큼 중요하게 여기고 꼭 챙겼습니다.

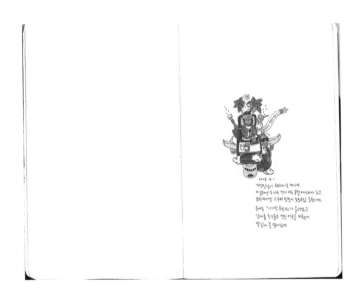

보라카이로 가는 비행기엔 야자수가 자라네: 마닐라로 가는 기
내에서 가는 펜으로 그린 뒤 사인펜으로 꼼꼼하게 칠했습니
다. 몰스킨에 처음으로 그려본 그림입니다.

무료해도 괜찮아. 나일 크루즈니까: 슬럼프가 찾아와 더 이상
새로운 게 안 나오면 아예 드러누워 버립니다. 한참 뒹굴거리
다 지겨워 죽을 것 같으면 뭐라도 끼적거리게 됩니다. 나일 강
크루즈 여행 때 점심 먹고 갑판에서 어슬렁대다가 저만큼 무
료해 보이는 배 한 척을 그렸습니다. 다섯 시 오후의 홍차를
마시기 전에 종려나무를 그렸습니다. 저녁을 먹고 선실로 돌
아가 영화 「트로이」를 건성으로 보면서 악어 한 마리를 마저
그렸습니다. 아침, 점심, 저녁만 기다리며 하루 종일 배에 있
으니 저절로 그림이 그려졌습니다. 덕분에 서울로 돌아와 신
문 일러스트를 손쉽게 마무리하였습니다.

무료해도 괜찮아. 뉴칼레도니아니까: 사진 워크숍을 주최한 한 회사에서 초청을 받아 뉴칼레도니아에 왔습니다. 워크숍에 참가한 사람들은 하나라도 더 배우려고 사진작가들과 함께 하루 종일 사진을 찍었습니다. 저는 빈둥거리며 누메아 시내를 어슬렁거렸습니다. 저녁을 먹고 호텔 홀에 모여 낮에 찍은 사진들을 훑어보았습니다. 참가자들이 작가들한테 까칠하게 한 소리 들을 때 전 뒷자리에 앉아 몰스킨을 슬며시 펼쳤습니다. 낙서하듯 끼적거리며 하루를 마무리했습니다. 이상하게 딴전을 피우면 더 잘 그려집니다.

'웃픈' 마리아나 가발라 씨: `Sound Like Greek` '그리스 말처럼 들린다'이지만 발음이 무척 어렵다는 뜻으로 쓰입니다. 그리스의 평범한 중산층 아주머니 가발라 씨가 어떻게 거리로 내몰리게 되었는지 애써 웃으며 이야기해주었습니다. 말을 잘 알아들을 수 없어 잠자코 앉아 그녀의 표정과 몸짓을 지켜보았습니다. 함께 간 코디네이터는 이야기로, 전 그림으로 취재하였습니다.

키재기 기린을 그리려 그린 기린 그림: 남수단 말렉 초등학교 시멘트 벽에 어떤 그림을 그리면 좋을지 먼저 그려보았습니다. '내가 그린 기린 그림은……'이라는 말장난이 떠올랐습니다. 친구들끼리 담벼락에 붙어 "내가 더 크네" "까치발을 올렸네"라며 낄낄거릴 것 같았습니다. 남수단 사람들은 어른들의 평균 신장이 190센티미터나 된다고 해서 목을 좀 더 길게 뽑았습니다.

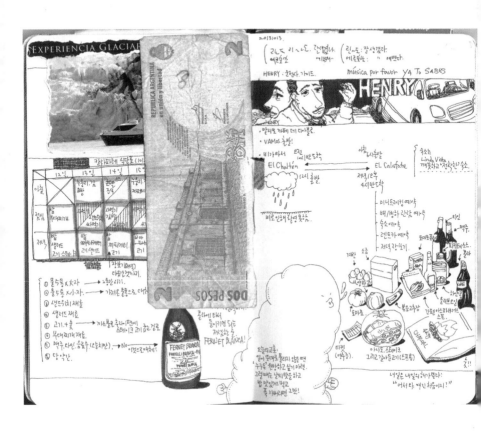

세상의 끝에서 식단을 짜보다: 이구아수 폭포와 살타를 거쳐 파타고니아에 왔습니다. 아르헨티나 국내 항공료는 예상했던 것보다 훨씬 비쌌습니다. 돈이 모자라 아껴야 했습니다. 일단 저렴한 곳으로 숙소를 옮기고 밥도 직접 해 먹기로 했습니다. 파타고니아에 머무르는 1주일 동안 식단을 미리 짜고 시장에서 꼭 필요한 것만 샀습니다. 일이 잘 풀리지 않을 땐 아무나 붙잡고 멱살을 흔들고 싶어집니다. 그럴 땐 그저 날씨 탓을 하며 밥 맛있게 먹고 푹 자 버리면 그만입니다. 촬영감독이 뜸을 잘 들여 밥은 고슬고슬했습니다. 저는 반찬을 만들거나 샌드위치 도시락을 쌌습니다. 끼니가 잘 해결되면 식단에다 굵게 테두리를 그어 표시를 남겼습니다. 궁상맞았던 날들을 기억하기 위해 너덜너덜하기로는 네팔 돈에 버금가는 2페소 짜리 아르헨티나 지폐를 붙였습니다.

정보통신기술 덕분에 책상에 앉아 세상을 만나고 노트북만 챙기면 어디에 있든 연락할 수 있습니다. 코쿤 족도, 디지털 유목민도 될 수 있습니다. 머무는 사람은 벽 너머 펼쳐진 세상을 꿈꾸며 인터넷에 온몸을 던집니다. 길 위에 떠도는 사람은 향수를 못 이겨 애타게 와이파이존을 찾아 소식을 전합니다. 머물면 떠나고 싶고 떠나면 그리워집니다. 머물면 멀리서 온 사람들이 반갑고 길 위에서는 다닥다닥 붙은 집들이 부럽습니다. 여행이란 머물러 있는 사람들이 꿈꾸는 유목민 놀이가 아닐까 싶습니다. 마음껏 돌아다니고 마음껏 그리워하기

위해 집을 나와 길을 나서는 순간부터 여행은 시작됩니다. 하지만 다시 집으로 돌아온다고 여행이 끝나는 건 아닙니다. 마지막 장을 넘겼다고 책을 다 읽은 게 아니듯 말이죠. 책을 읽고 독후감을 남기듯이 자신의 느낌을 표현하고 남겨야 비로소 여행은 끝나게 됩니다. 여행에서 남긴 기록이 여행이 되는 셈입니다. 『유목민의 눈으로 본 세계사』를 쓴 스기야마 마사아키는 "기록을 남기는 사람은 행복한 사람이다. 후세에 부당하게 단죄당할 가능성이 현저히 낮기 때문"이라고 하였습니다. 남기지 않으면 아무도 모릅니다. 지금 이렇게 마감에 쫓기며 허겁지겁 자판을 두드리지 않았다면 저도 제 여행이 무엇인지 알 수 없었을 겁니다.

끝없이 펼쳐진 밀림을 보거나 빨갛게 물든 노을을 보면 저
도 모르게 '예술'이라고 감탄합니다. 그리고 뭐라도 한마디 합
니다. 나도 모르게 한 말과 몸에 스민 느낌을 몰스킨을 꺼내
그대로 적어두면 '여행의 독후감'이 완성됩니다. 여행은 이렇
게 마무리됩니다.

인생은 짧고 예술은 길며
기록은 훨씬 더 길다

―

> 여행, 그것은 매우 유익하니 상상에 끊임없는 활기를 주기
> 때문이다. 여타의 소득이란 실망과 피곤뿐이다. 우리들 각자
> 의 여행은 순전히 상상적일 뿐이다. 그것이 여행의 힘이다.
>
> _루이 페르디낭 셀린느, 『밤 끝으로의 여행』(이형식 옮김. 동문선. 2004)

의사였던 루이 페르디낭 셀린느는 사람한테 찾아낸 가장
악한 것들을 단 한마디도 빼놓지 않고 그대로 이야기한 다음
조용히 입 다물고 구덩이 속으로 들어가겠다고 다짐합니다.
그 정도면 한 작가가 평생 매달려도 충분하다고 여겼습니다.
그는 평생 끈적끈적하며 위험천만한 여행을 다닌 뒤 1932년
『밤 끝으로의 여행』이라는 자전적인 작품을 남겼습니다. 욕설
이 난무하는 구어체 프랑스어로 써서 '천민의 프루스트'라고
불리기도 하였습니다. 육필원고는 1943년에 어디론가 사라졌
고 그도 1961년에 죽었습니다. 그리고 2000년 말 원고가 세

LOUIS-FERDINAND CÉLINE

VINCENT VAN GOGH

상에 다시 모습을 드러냈습니다. 그가 남긴 기록이 그를 살려 내었고 신비로운 작가라는 명성을 다시금 확인해주었습니다.

꼼꼼하게 기록을 남긴 작가로 반 고흐를 빼놓을 수 없습니다. 그는 같은 시대에 활동한 화가 가운데 가장 많은 기록을 남겼습니다. 1872년부터 1890년 세상을 떠날 때까지 쓴 편지가 훼손되지 않고 거의 다 남아 있습니다. 그중에서 동생 테오에게 보낸 편지만 해도 668통에 이릅니다. 작가의 일상은 물론 무슨 생각으로 그림을 그렸는지도 세세하게 알 수 있습니다. 그가 머물렀다고 기록한 곳은 모두 명소가 되었습니다. 그가 마지막으로 머물렀던 프랑스 오베르 쉬르 우아즈의 오베르주 라부가 대표적입니다. '오베르주'란 식당이나 카페가 딸린 여인숙입니다. 그는 이곳에 두 달 동안 머물며 70점의 작품과 수많은 편지를 남겼습니다. 기록을 남긴 덕분에 '라부' 여인숙뿐만 아니라 주변의 집들까지 함께 복원되었습니다. 지금도 라부에 가면 반 고흐도 먹어보았을 감자와 훈제 베이컨을 곁들인 양고기 요리를 그 맛 그대로 즐길 수 있습니다. 흔한 카페나 식당, 여인숙이 고흐 덕분에 고흐보다 더 오랫동안 살아남았습니다. 고흐가 '내 이럴 줄 알았다'고 예상해서 작품과 기록을 남긴 건 아니었을 겁니다. 어쨌든 저 또한 고흐를 '본받아' 자주 가는 카페 감싸롱과 신촌 파스타, 함박식당에다 그림 그리고 블로그에 사진도 올리고 몰스킨에다 이야기를 남깁니다. 저와 제 기록 덕분에 감싸롱이 100년 뒤에도 여전히 홍대 골목에서 패티 굽는 냄새를 풍길지도 모릅니다.

몰스킨의 전설

오베르주 라부가 반 고흐(와 기록) 덕분에 명소로 되살아났다면 몰스킨은 브루스 채트윈(과 기록) 덕분에 전설이 되었습니다. 그는 『파타고니아』 『송라인』이라는 두 편의 걸작을 남겼습니다. 여행을 떠날 때면 브루스는 항상 파리에서 산 이름 없는 노트를 챙겼습니다. 반 고흐, 피카소, 헤밍웨이가 쓰던 바로 그 노트로, 프랑스 투르의 소규모 제본업자가 파리의 문구점에 거의 한 세기 동안 납품하였습니다. 작고 탄탄하고 질이 좋아 미술가와 작가 들에게 인기가 좋았습니다. 하지만 1980년대 중반부터 갑자기 희귀해졌습니다. 문구점 주인은 '단골' 채트윈에게 더 이상 노트가 나오지 않을지 모른다고 귀띔해주었습니다. 그러면 호주로 떠나기 전에 100권을 주문하겠다고 하였습니다. 이 정도면 죽을 때까지 충분히 쓸 수 있을 거라 여겼습니다. 하지만 1986년 노트를 만들어 납품하던 제본업자가 죽자 상속자들이 공장을 다른 사람에게 넘겼습니다. 결국 문구점 주인은 더 이상 몰스킨이 나오지 않는다는 소식을 채트윈에게 전합니다.

1997년 밀라노의 한 제본업자가 이 전설의 노트를 다시 생산하고 '몰스킨'이라는 이름을 붙입니다.

316

그 뒤로 이름 없던 전설의 노트는 몰스킨으로 불리며 지금까지 내려오고 있습니다. 엄밀하게 말하자면 지금 쓰는 몰스킨은 채트윈, 반 고흐, 피카소, 헤밍웨이가 썼던 것과 분명히 다릅니다. 결국 채트윈이 남긴 이야기가 덧붙어 전설이 되어 몰스킨이라는 '브랜드'가 태어난 셈입니다. 덕분에(?) 한정판이 나올 때마다 '이름값 치곤 너무 하네'라고 투덜거리면서도 삽니다. 그렇다고 채트윈한테 깎아달라고 할 수도 없는 노릇입니다.

기록이 탐험가를
기억하다

브루스 채트윈은 세상의 끝 파타고니아에서 몰스킨에다 꼼꼼하게 기록을 남겼습니다. 파타고니아라는 말은 마젤란에게서 유래되었다고 합니다. 몰루카 제도의 향신료를 찾아 서쪽으로 떠난 마젤란 함대는 1520년 산 훌리안 항구에서 원주민들을 만났습니다. 키가 매우 커서 '큰 발'이라는 뜻으로 그들을 '파타곤'이라 불렀습니다.

마젤란은 포르투갈 사람이었지만 새로운 항로를 개척하겠다는 꿈을 이루기 위해 스페인으로 국적을 옮겼습니다. 스페인 왕실의 지원을 받아 그는 함장이 되어 1519년 8월 10일 다섯 척의 배와 238명의 선원들과 함께 몰루카 제도로 가는 새로운 항로를 찾아 세비야 항을 떠났습니다. 대서양을 지나 파타고니아에 도착하여 마젤란 해협을 건너 태평양으로 갑니다. 태평양을 가로질러 괌과 필리핀 막탄 섬에 들러 몰루카 제도에 도착하였습니다. 그리고 아프리카의 끝 희망봉을 거쳐 1522년 9월 8일 3년 만에 다시 세비야 항으로 돌아옵니다. 새로운 항로 개척과 세계일주의 꿈이 이루어진 것이었습니다. 하지만 마젤란은 막탄 섬에서 전사하였고 살아 돌아온 것은 겨우 한 척의 배와 열여덟 명뿐이었습니다. 마젤란을 도와 항해일지를 기록했던 안토니오 피가페타는 끝까지 살아남았습니다. 그의 항해일지는 1522년 『최초의 세계일주』라는 이름으로 발간되었습니다. 이 책 덕분에 마젤란은 인류 최초로 세계일주를 한 탐험가로 역사에 남았습니다. 그런데 피가페타에 관한 기록은 거의 없습니다. 천국에서 마젤란은 지금도 피가페타한테 거하게 한턱내고 있을지 모릅니다. 비록 그가 어떤 사람이었는 모르지만 기록의 힘에 대해서는 누구보다 잘 알고 있었던 게 분명합니다.

나는 세비야를 떠나 바야돌리스로 가서 돈 카를로스 성하를 알현했다. 내가 국왕에게 바친 것은 금도 아니고, 은도 아니며, 값진 보석도 아니지만 스페인 제국의 국왕에게 마땅한 귀중한 선물이었다. 그것은 3년이라는 긴 항해 동안 날마다 날마다 일어난 일들을 내가 직접 기록한 항해일지이다.

_안토니오 피가페타, 『최초의 세계일주』(박종욱 옮김, 바움, 2004)

나 를   상 상 하 게   한
할 아 버 지 의   일 기 장

유치원 다니던 시절, 저는 남가좌동의 개인 주택에 살았습니다. 초등학교에 입학하고 얼마 되지 않아 연립주택으로 이사한 뒤 지금까지 다세대 주택과 아파트를 옮겨 다녔습니다. 작은 마당이 있었고 별채는 세를 놓았습니다. 부엌에 야트막하게 뚫린 창으로 텃밭이 보이고 비슷비슷한 집들 너머 뭉게구름이 피어올랐습니다. 우리 집에서 가장 신비로운 곳은 '광'이었습니다. 언제 샀는지, 어디다 쓰는지 모를 물건들이 빼곡히 쌓여 있었습니다. 까맣게 옻을 먹인 미닫이 책장도 있었습니다. 미닫이를 밀면 외할아버지가 약재를 달 때 쓰던 저울, 군용 손전등, 나침반, 나무로 만든 떡살, 오래된 사진첩들이 어지럽게 놓여 있었습니다. 하나씩 꺼내 만지작거리다 보면 시간 가는 줄 몰랐습니다.

그중에서 가장 신비로운 건 할아버지가 남긴 일기장이었습니다. 갈색 양장 표지에 웬만한 소설책만큼 두툼했습니다. 표지를 열면 세로로 된 줄에 맞춰 한자와 일본어, 한글이 또박또박 적혀 있었습니다. 그리고 신문에서 오려붙인 기사, 오래된 우표, 얇은 편지지, 습자지로 덮인 사진들이 중간 중간 붙어 있었습니다. 무슨 내용인지 읽을 수 없었지만 마지막 쪽까지 빼곡히 쓴 걸 보면 할 이야기가 참 많은 분 같았습니다. 할아버지는 제가 태어나기 훨씬 전에 돌아가셔서 얼굴조차 본

적이 없었습니다. 얼굴도 모르고 어떤 분인지도 몰랐기에 일
기장을 펼칠 때마다 마음껏 상상할 수 있었습니다. 제 머릿속
에서 할아버지는 만주를 호령하는 독립투사가 되었다가 여러
척의 배를 가진 선주도 되었습니다. 동백기름 잔뜩 발라 머리
를 뒤로 넘기고 바이올린을 연주하였고 빨간 립스틱을 바른
신여성과 양산을 쓰고 경성 거리를 걷기도 하였습니다.

　남가좌동을 떠난 뒤로 조금씩 더 작은 집으로 이사했습니
다. 그때마다 광에 있는 물건부터 버렸습니다. 할아버지 일기
장도 어느새 사라졌고 할아버지에 대한 상상의 기억들도 희미
해져버렸습니다. 그 뒤로 우리 집은 '유품'이 없는 가족이 되
었습니다. 기억이란 결국 기록에 기댈 수밖에 없습니다. 할아
버지가 그랬듯이 저도 살아 있다는 걸 스스로 증명하기 위해
만년필로 부지런히 글을 남겨봅니다.

이런 이야기를 남기고 싶다

"밥장 씨. 이 그림은 무슨 뜻이에요?"

　사람들은 대부분 그림을 보면 무슨 뜻인지 어떤 이야기를
담고 있는지 궁금해합니다. 그림을 보고 나서 단어와 문장이
재빨리 떠오르지 않으면 무척 답답하게 여기고 설명해달라고
합니다. 반대로 전 단어나 문장을 읽으면 그림과 색으로 바꿔
봅니다. 그게 제 밥벌이 비결입니다. 때로는 별로 재미없는 단

어나 문장도 그려야 합니다(세상에는 재미없는 단어들이 꽤 많이 있습니다. 행복, 창의성, 1등, 최고······ 머릿속으로 한 번 그려보시길. 아마 빨래집게, 원숭이 발가락, 지우개 똥이 훨씬 재미날겁니다). 이른바 밥벌이의 지겨움인 셈이죠.

최근 순다열도를 여행할 때는 카메라 대신 단출하게 몰스킨하고 연필만 가져갔습니다. 거의 한 달간 머무르면서 바리토 강으로 뛰어드는 아이, 수상시장에서 오렌지를 파는 아주머니, 수컷 오랑우탄의 뒤태, 졸고 있는 코모도왕도마뱀, 하루종일 허탕 친 어부의 얼굴들을 담았습니다. 서울로 돌아오는 비행기에서 몰스킨을 꺼내니 마지막 한쪽만 남아 있었습니다. 한 장 한 장 다시 넘겨보며 어떤 그림을 그렸는지 되돌아보았습니다. 적어도 돈벌이를 위해 그린 그림, 이른바 '작업'은 아니었습니다. 뭔가 맺음말이 필요할 것 같아 마지막 쪽에 꾹꾹 눌러썼습니다.

"늘 소년의 마음으로······"

그리고 "모든 어린이는 예술가다. 문제는 어떻게 하면 어른이 되어서도 예술가로 남을 수 있는가다"라는 피카소의 말도 덧붙였습니다. 왠지 그림이 다시 '만만해진' 기분이 들었습니다. '돈벌이면 어떻고 아니면 또 어때? 잘 그릴 수도 있지만 좀 못 그리면 또 어때? 이렇게도 그려보고 저렇게도 해보는 거지. 나는 외줄타기 곡예사야. 흔들려도 괜찮아. 나는 범퍼카야. 여기저기 부딪쳐도 괜찮아. 그냥 앞만 보고 천천히 걸어가기만 하면 돼. 외줄에 서 있는 것만으로도 대단한 거야.' 창밖

"늘 소년의 마음으로..."

2014.4.13. 이른 아침에 밀리엄 언니가

으로 적도의 구름이 깨끗하게 피어올랐습니다. 머리가 구름이어서 발끝이 땅에 닿지 않는 뜬구름 친구들이 신나게 찰랑거리는 듯 보였습니다. 러시아 시인 마야콥스키는 모스크바로 가는 기차에서 같은 칸에 탄 여성에게 고상한 사람이라는 걸 알려주고 싶어서 "저는 남자가 아니라 바지를 입은 구름입니다"라고 말했습니다. 작업을 위해 던진 한마디, '바지를 입은 구름'은 그대로 시가 되었고 스물두 살 시인의 빛나던 순간으로 영원히 기억되고 있습니다.

> 내 심장은 꽃피는 5월까지
> 살아 본 적이 없소
> 내 삶에는 오로지
> 백 번의 4월만 있을 뿐이오
>
> _마야콥스키, 「바지를 입은 구름」 부분, 『마야꼬프스끼 선집』(석영중 옮김, 열린책들, 2009)

작업이든 돈벌이든 머리를 뜯으며 짜내었든 이젠 상관없습니다. 그저 볼수록 사랑스러운 그림과 이야기 들을 남기고 싶습니다.

(배위에서) 16:18 BIRA 어부는 고독한 ...

3천 4일 BANJARMASIN, BARITO강

BANJARMASIN BARITo (12.40)

끝이 없는 여행,
별을 향한 여행

고다이고ゴダイゴ, 「갤럭시 익스프레스The Galaxy Express 999」

영화 「마담 프루스트의 비밀정원」에서 주인공은 무서운 아버지에 대한 기억 때문에 말을 잃고 피아노에 매달립니다. 하지만 같은 아파트에 사는 조금 이상한 아줌마 프루스트의 도움으로 어릴 때 기억을 하나씩 되짚어봅니다. 결국 어릴 때 아버지에 대한 기억은 왜곡되었다는 걸 알게 되었고 여태껏 몰랐던 진실과 맞닥뜨리게 됩니다. 어째 무겁게 보이지만 영화는 무척 밝고 화사합니다. 그런데 마지막 장면에 가서는 저도 모르게 많이 울었습니다.

기억은 작은 사실을 씨앗으로 삼아 시간을 자양분으로 무럭무럭 자랍니다. 그런데 일단 자라고 나면 좀처럼 바뀌지 않습니다. 심지어 사실이 아니라고 밝혀져도 마음에 자란 기억은 꿈쩍이지 않습니다. 기억은 신앙과 닮았습니다. 믿지만 밝히기 어렵고 또 사실로 밝혀진다고 해서 쉽게 버리기 어렵습니다. 마르셀 프루스트는 어릴 적 기억('이라고 믿는' 소재)에 매달려 무려 14년간 책을 일곱 권이나 썼습니다. 프루스트가 스완네 집에서

부터 기억을 더듬었다면 전 초등학교 때 보았던 「은하철도 999」 ('구구구'가 아니라 '쓰리나인'으로 읽어야 합니다)부터입니다. 메텔과 데쓰로(철이) 그리고 얼굴 없는 차장도 있지만 이상하게 철이가 어딘가 열심히 뛰어가는 장면이 떠오릅니다. 하지만 어느 에피소드에서 본 건지 알 수 없었습니다. 프루스트 아줌마나 마들렌 과자처럼 저의 잃어버린 기억은 유튜브가 되찾아주었습니다. 그 장면은 1979년 개봉한 「은하철도 999」 극장판 엔딩이었습니다. 계단을 뛰어오르는 줄 알았는데 메텔을 떠나보낸 뒤 철길을 따라 되돌아오는 모습이었습니다. 그리고 "저니Journey, 저니"라며 흥얼거렸던 노래는 고다이고가 부른 「은하철도 999」였습니다.

The Galaxy Express 999

자 가는 거야. 얼굴을 들고 새로운 바람에 마음을 씻어보자. 오래된 꿈은 놔두고 가는 게 좋아. 다시 시작하는 드라마를 위해서.
그 사람은 이제 추억으로 남지만 멀리서 지켜보고 있어.

The Galaxy Express 999 Will Take You on a Journey.
A Never Ending Journey, a Journey to the Star

은하철도 999는 여행으로 인도해줄 거야.
끝이 없는 여행, 별을 향한 여행으로.

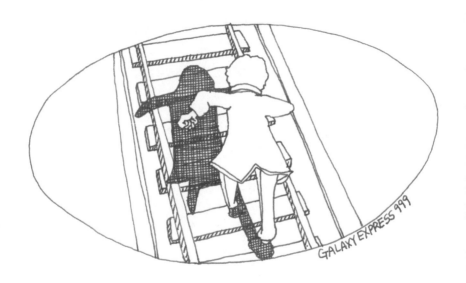

　1970년대 인기 절정의 밴드였던 고다이고가 만화영화 주제가를 부른 건 무척 드문 일이었습니다. 덕분에 영화는 대성공을 거두었고 앨범도 120만 장이나 팔렸습니다. 유튜브에서 고다이고가 「은하철도 999」를 부르는 모습을 볼 수 있습니다. 스튜디오는 미러볼과 미니전구 그리고 네온사인으로 빛나고 고다이고는 나팔바지를 입고 찰랑거리는 긴 머리를 휘날리며 노래합니다. 너무 촌스러워 되레 예술적이라는 생각이 듭니다.

　뒤돌아보니 지난 기억은 다시 예언이 됩니다. 범생이로 무던하게 살 줄 알았는데 밤새 여행 이야기를 할 수 있을 만큼 '싸돌아'다닙니다. 힘차게 팔을 흔들며 철길 위를 달리는 철이의 뒷모습이 그래서 잊히지 않았나 봅니다. '끝이 없는 여행'. 아마 여행에 관한 가장 멋진 정의가 아닐까 싶습니다.

도착.
여행을 마치며.

변명거리는
충분해.

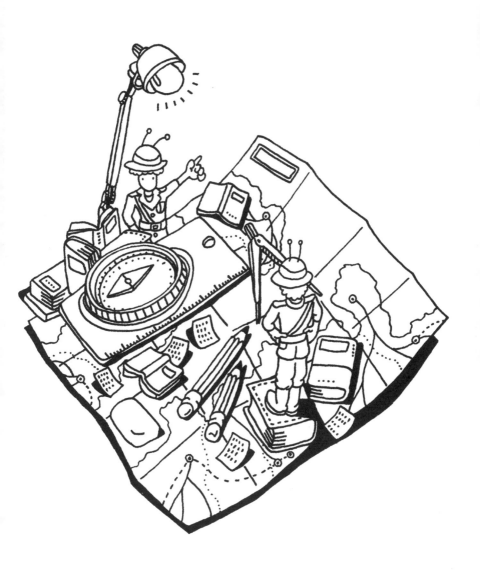

산책은 관광과는 다르죠. 목적 같은 거 없이 자기 마음대로
느긋하게 걷는 데서 오는 기쁨이거든요.

_다니구치 지로, 『고독한 미식가』(박정임 옮김, 이숲, 2010)

영국의 화가 데이비드 호크니는 그림 그리는 시간 외에는
서재에 박혀 책을 읽는다고 합니다. 자신은 반사회적인 사람
이 아니라 그저 '비사회적'일 뿐이라며 씩 웃습니다. 저는 쉰
살까지는 바다에 빠지고 높은 곳에서 뛰어내리며 뜨거운 화산
의 김을 쐬고 싶습니다. 그리고 50세가 넘으면 배낭(에다 돈을
가득 담아 가는) 여행을 하며 호텔을 징검다리 삼아 유럽의 소
도시들을 다니고 싶습니다. 아니면 저와 여러 인연이 있는 전
라북도 완주에 작은 공간을 만들어 과테말라 드립커피나 홀짝
거리며 친구들과 수다를 떨려고 합니다. 만약 그것도 안 된다
면 구산동 서재에 처박혀 책이나 읽으려 합니다. 어쨌든 '더 이
상 몸이 따르지 않아 못 다니겠어'라고 한탄하지는 않을 겁니
다. 이제니 시인은 『아마도 아프리카』에서 "나를 달리게 하는
것은/ 들판이 아니라 들판에 대한 상상"이라고 하였습니다.

나이가 들면 (도대체 그게 몇 살인지 모르겠지만 아무튼) 몸으로 때운 여행의 기억을 떠올리며 상상의 들판을 부지런히 달려야 하겠죠. 물론 은퇴를 번복하고 다시 유니폼을 꺼내 입은 축구 선수 폴 스콜스처럼 마지막 힘을 짜낼지도 모르겠습니다.

더 이상 여행을 다니지 못할 그때를 위해 남겨둔 변명거리가 있습니다. 여행을 다닐수록 조금씩 죄책감이 듭니다. 세상이 얼마나 쓰레기로 가득한지 자카르타, 카트만두, 주바에서 쉽게 확인할 수 있었습니다. 또한 잘 사는 나라라고 쓰레기가 없는 게 아니었습니다. 그저 보이지 않게 잘 치우는 것뿐이었습니다.『로버트 크럼의 아메리카』의 한 구절처럼 "재활용센터는 쓰레기를 만들고 버리는 죄책감에 시달리는 사람들을 위한 치료 방법"입니다. 미국 사람 한 명이 1년에 소비하는 에너지가 거대한 향유고래 한 마리 정도 된다는 이야기를 들은 적이 있습니다. 관광객들이 탄 비행기를 보면 이어폰을 낀 향유고래들이 나란히 앉아 있는 듯 보입니다. 그리고 호텔은 깨끗한 물을 가장 많이 쓰는 곳이기도 합니다. 관광사업은 결코 친환경적이라고 하기 어렵습니다. 되레 집 안에 틀어박혀 내셔널 지오그래픽 채널을 보며 만족하는 사람이 환경을 지키는 실천가라고도 볼 수 있습니다. 모든 인류가 관광하는 날은 역설적으로 지구가 끝장나는 날이 될 수도 있습니다. 인류가 얼마나 대단한지 확인하려면 거대한 건물이나 도서관에 쌓인 책보다 구석구석 박혀 있는 페트 병과 세제 봉지를 보면 됩니다.

여 행 + 상 상
= 삶 을 버 티 는 힘

『엘르』의 편집장 장 도미니크 보비는 뇌졸중으로 쓰러진 뒤 몸이 마비됩니다. 의식은 살아 있고 눈도 말똥말똥하지만, 몸은 마비된 상태 이른바 로크 인 신드롬Lock-in Syndrome에 빠졌습니다. 하지만 그는 언어치료사의 도움을 받아 왼쪽 눈꺼풀을 깜박거려 하루에 반쪽 분량씩 써내려갔습니다. 하루도 쉬지 않고 15개월 동안 무려 20만 번 이상 깜박거려『잠수복과 나비』를 완성하였습니다. 이 책을 남수단으로 가는 비행기 안에서 읽었습니다.

> 운 좋게도 과거 여러 해 동안 많은 풍경과 감동 그리고 감각을 차곡차곡 저장해 두었으므로 여기처럼 하늘이 온통 잿빛이라 외출할 엄두를 낼 수 없는 날에도 나는 상상의 여행을 떠날 수 있다.
>
> _장 도미니크 보비, 『잠수복과 나비』(양영란 옮김, 동문선, 1997)

이런 변명을 저도 아껴두었다가 여행에서 물러나 '비사회적인' 사람이 된 다음에 써 먹어야겠습니다.

슈테판 츠바이크의 소설 『체스』에서 B 박사는 나치에 잡혀 독방에 홀로 갇힙니다. 비밀경찰의 심문은 견딜 수 있었지만 문제는 그다음이었습니다. 심문이 끝난 뒤 똑같은 책상과

열쇠로 가득찬 이 세상에서
내 잠수복을 열어 줄 열쇠는 없는 것일까?

장 도미니크 보비, 「잠수복과 나비」

침대와 세면기와 벽지만 있는 무無의 방으로 돌아와야 했습니다. 나 홀로 갇혀 있는 동안 스스로 만들어내는 생각에 목이 졸리는 것 같았습니다. 바로 비밀경찰이 노린 진짜 심문이었습니다. 모든 걸 포기하고 자백하려는 순간 그들에게서 책 한 권을 훔칩니다. 넉 달 만에 처음 보는 책이라 두근거리는 마음으로 펼쳤습니다만 '체스 학습서'였습니다. 밖에서라면 거들떠보지도 않았겠지만 아무것도 없는 방에서는 달랐습니다. 그 뒤로 머릿속으로 체스를 두며 묘수를 생각했습니다. 더 이상 심문이 괴롭지 않았습니다. 책 한 권이 마음 밭에 심은 상상의 싹 덕분에 감옥에서 버틸 수 있었습니다.

여행이란 박사의 손에 쥐어진 한 권의 책과 같습니다. 다만 체스 학습서가 될지 전화번호부가 걸릴지는 운에 달려 있겠지만요. 여행이란 사무실 칸막이 안에 갇혀서 서서히 말라가고 있는 나를 위해 새로운 씨앗을 던져주는 일입니다.

프리츠 오르트만의 소설 『곰스크로 가는 기차』는 여행에 관해 두 가지 질문을 던집니다. '당신은 돌아오기 위해 떠나는가요? 아니면 더 멀리 가기 위해 떠나는가요?' 꿈을 꿀지 여기에 눌러앉을지, 가정을 꾸릴지 아니면 나 홀로 자유를 찾아 떠날지 일상은 늘 의무와 자유 사이 어딘가에서 왔다 갔다 합니다. 모든 순간이 선택입니다. 소설 속에서 아내는 곰스크는 아니지만 지금 머물러 있는 데도 괜찮으니 그냥 눌러앉는 게 좋다고 합니다. 하지만 남편은 곰스크에 대한 꿈(또는 미련)을 버리지 못합니다. 나에게 곰스크는 어디인지, 꼭 곰스크라야 하는지, 진짜 어디라도 괜찮은 건지, 그렇다면 인생에서 중요한 게 따로 있기나 한 건지 읽는 내내 질문이 끊이지 않았습니다. 답이 없는 질문과 맞닥뜨리면 누구나 종교인이 되거나 예술가가 된다고 합니다. 종교인과 예술가 모두 무언가 애타게 찾는 사람들입니다.

머무를 걸 아니까 더 부지런히

처음 해외여행을 떠날 때 가이드의 말이라면 철석같이 믿었습니다. 지금은 꼭 필요할 때만 함께 다닙니다. 때로는 여행 책자 하나 없이 떠날 때도 있습니다. 뭐랄까 적당히 믿고 적당히 의심하면서 여행을 즐깁니다. 저는 타고난 모험가나 길 위의 여행자는 못 되기에 결국 어딘가에 머무르게 되지 않을까 싶습니다. 하지만 머무를 걸 알고 있기에 더 부지런히 다닙니다. 세상은 넓고 시간은 없습니다. 아무리 부지런히 다녀도 지도를 색연필로 다 채울 수는 없습니다. 다행히 B 박사처럼 제 손에는 책이 있습니다. 게다가 체스 학습서뿐만 아니라 위대한 작품들도 있습니다. 『허삼관 매혈기』를 쓴 위화는 위대한 작품을 읽는 것을 겁 많은 아이의 손을 붙잡고 함께 떠나는 긴 여정에 비유하였습니다.

나는 매번 위대한 작품을 읽을 때마다 그 작품을 따라 어디론가 갔다. 겁 많은 아이처럼 조심스럽게 그 작품의 옷깃을 붙잡고 그 발걸음을 흉내 내면서 시간의 긴 강물 속을 천천히 흘러갔다. 아주 따스하고 만감이 교차하는 여정이었다. 위대한 작품들은 나를 어느 정도 이끌어준 다음, 나로 하여금 혼자 걸어가게 했다. 제자리로 돌아오고 나서야 나는 그 작품들이 이미 영원히 나와 함께하고 있다는 사실을 깨달았다.

_위화, 『사람의 목소리는 빛보다 멀리 간다』(김태성 옮김, 문학동네, 2012)

지금 글을 쓰는 자판 위에서도, 구산동 서재에서도, 오랑우탄을 만난 탄중푸팅 공원에서도, 건조한 기내에서도 그리고 아직 읽지 않은 책에서도 낯선 길은 끊임없이 나타납니다. 그때마다 내 안의 호기심 가득한 소년은 마냥 조심스러운 아저씨 머리 위에 탐험모를 씌워줍니다.

오해해도
괜찮아

마이클 잭슨Michael Jackson, 「빌리 진Billie Jean」
브루스 스프링스틴Bruce Springsteen, 「본 인 더 유에스에이Born in the USA」

이 책을 준비하면서 가장 시간이 걸린 일은 글 쓰는 것도, 사진 고르는 것도, 일러스트를 그리는 것도 아니었습니다. 바로 책 제목을 정하는 것이었습니다(이 글을 쓰는 지금 이 순간에도 제목은 미정입니다). '이렇게 길고 느린 여행이라면' '나를 닮은 여행' '밤의 인문학: 여행편'까지 저와 편집자 사이에 숱한 제목들이 오갔습니다만 "그래 이거지"라며 무릎을 탁! 칠 만한 건 아직 없습니다. 부지런히 멜로디와 가사를 흥얼거려도 도무지 노래 제목이 떠오르지 않을 때처럼 말이죠.

　그런데 거꾸로 제목을 알아도 가사를 짐작하기 어려운 노래도 있습니다. 이를테면 마이클 잭슨의 「빌리 진」. 그는 자신의 아이를 가졌다는 여자, 빌리 진에게 내 아이가 아니라고 '신나게' 부르짖습니다. 게다가 그의 전매특허인 문워킹까지 곁들입니다. 제목만 들어서는 사랑하는 여자, 빌리 진의 이야기일 것만 같은데 말이죠. 또 브루스 스프링스틴의 「본 인 더 유에스에이」는 제목만 보면 미

국인들을 위한 또 하나의 애국가처럼 들리지만 가사는 아주 딴
판입니다.

So They Put a Rifle in My Hand
Sent Me off to a Foreign Land
To Go and Kill the Yellow Man

그들은 내게 라이플을 건네주며
낯선 땅으로 보냈지
가서 황인종을 죽이라고 말이야

하지만 가사를 안 뒤에도 처음 들었을 때 머
릿속에 떠오른 이미지나 가슴에 품은 감정은 좀
처럼 바뀌지 않습니다. 「빌리 진」은 흥겹고 「본
인 더 유에스에이」는 여전히 미국 만세입니다. 여행에서 만난
도시들도 제목이나 멜로디의 느낌만으로 오해받는 팝송들과 비
슷한 것 같습니다. 사는 사람이 아는 그곳과 내가 즐기고 다녀
간 그곳은 전혀 다를 수 있습니다. 뭐, 하지만 어떻습니까. 아무
리 둘러봐도 특별한 구석이 없는 (대다수의) 도시들은 그나마
먼 곳에서 온 낯선 여행자들의 로망 덕분에 겨우 알록달록해집
니다.

Born in the USA

BRUCE SPRINGSTEEN

보스는 여전하다

잘 안다고 여기던 브루스 스프링스틴을 다시 보게 된 건 무라카미 하루키와 다큐멘터리 「스타로부터 스무 발자국」덕분입니다. 무라카미 하루키는 『의미가 없다면 스윙은 없다』에서 뜻밖에 그를 소개합니다. 재즈와 클래식을 좋아하는 작가로만 알고 있었는데 말이죠. 신나는 록 「헝그리 하트Hungry Heart」에 담긴 뜻에 놀랐고 영어 가사를 일본어로 유연하게 번역하는 하루키의 영어 실력에도 또 한 번 놀랐습니다(정확하게 말하자면 부러웠습니다. 글도 영어도 운동도 잘 하고 돈도 잘 버는 아저씨). 그리고 어제 본 다큐 「스타로부터 스무 발자국」에는 브루스 스프링스틴이 나왔습니다. 더 이상 젊거나 블루칼라 노동자와 어울릴 만한 스타일은 아니었지만 진정한 록 스피릿을 보여주던 '보스'로서 위엄은 여전했습니다.

떠나는 이유

가슴 뛰는 여행을 위한 아홉 단어

© 밥장 2014

1판 1쇄 2014년 12월 26일
1판 2쇄 2015년 12월 15일

지은이   밥장
펴낸이   정민영
책임편집 권한라 손희경
디자인   최윤미
마케팅   이숙재
제작처   한영문화사

펴낸곳   (주)아트북스
브랜드   앨리스
출판등록 2001년 5월 18일 제406-2003-057호
주소   10881 경기도 파주시 회동길 216 2층
대표전화 031-955-8888
문의전화 031-955-7977(편집부) 031-955-3578(마케팅)
팩스   031-955-8855
전자우편 artbooks21@naver.com
트위터   @artbooks21
페이스북   www.facebook.com/artbooks.pub

ISBN 978-89-6196-228-5 03810

이 도서의 국립중앙도서관 출판시도서목록(CIP)은 서지정보유통지원시스템 홈페이지(http://seoji.nl.go.kr)와
국가자료공동목록시스템(http://www.nl.go.kr/kolisnet)에서 이용하실 수 있습니다.(CIP제어번호: CIP2014036320)